大丈夫！ 今からでも
遅くない「挑戦」

加藤蓉子
KATO Yoko

文芸社

はじめに

この本を手に取ってくださいまして、ありがとうございます。

はじめまして、人間関係専門カウンセラーの加藤蓉子と申します。


現在七十四歳です。

今、私がやり残している自己実現があります。

十六年前からずっと先延ばしにしてきた、大丈夫！　今からでも遅くない「挑戦！」、私の人生キャリアから、自己啓発本の出版へのチャレンジです。

「何故、先延ばしにしていたのか」、それは「私が本を出すなんて、おこがましい」と思っていたからでしょうか。

そんな私が、今ここに出版を決意したのは、十六年前に掴んだチャンス、NHK大河ドラマ「元禄太平記」の原作者、直木賞作家・南條範夫先生にお会いできたためです。「人はみな十人十色であり、同じ人間はいない。だから誰でも生涯に三冊の本が書ける」という、その時のありがたいお言葉を思い出し、執筆の直接的な契機となりました。

二〇二〇年一月三日、娘夫婦と孫二人が正月休みで遊びにきていました。

家族が眠ったあと、今年の十二月までに、「本を出版したい！」ということを娘と二人で飲みながら話しました。

元旦から「はじめに」の内容を書きだしたことを伝えたのです。

早速読んでもらうと、「お母さん、これじゃ、難しくて読む気がしなくなるよ」

「え！　なんで？　よくできたと思うのだけど……」

「私、思うのだけど、お母さんが生きてきた生きざまを伝えるといいよ。読んだ人が元気をもらえて励みになると思う。これからもっと大変な時代がくると思うよ。私らだって大変なんだよ。『経済生活』『子どもの教育費』『健康問題』『夫の仕事』みんな、不安や不満、生きづらさを抱えて生きている人が多いと思う。だから、本当に大事なのは、中高年の生き方や定年後の生き方について、今から真剣に考えなくてはいけないってこと。そんな時がきているると思うよ。お母さんの経験や考えを、今こそ、わかりやすく伝えることだよ。いい本ができたら、喜んで、私も買うよ！」

娘が応援してくれて、とても嬉しかったのです。

振り返れば、七十歳を迎えた頃から三か月間、年齢に対して劣等感を感じていました。

「もう年だから、いい加減、やめたほうがいいのかな」なんて、マイナス思考に陥っていたのです。

「年を重ねたことが劣等感になるなんて！」思いもよりませんでした。

私の人生キャリアにおいては、ビジネスや学びなど「好きでやりたいこと」は、その目的、目標を決めたら、たとえ困難があろうとも、自分を信じ、失敗を恐れずにチャレンジしてきたものですから、今まで味わったことのない挫折感にガックリしてしまったのです。

ずっと、プロセスを楽しみながら、継続し行動して実現してきたので、私自身、自己肯定感（自己効力感）が、かなり高いと自負していたからです。


ある日、そんな私に転機が訪れました。

日本初の心理学の国家試験公認心理師法案が二〇一五年に公布、二〇一七年に施行されたのです。

私が生きている間に「心理学の国家試験ができることはありえない」と思っていたので、とてもラッキー！　でした。挫折感なんて吹き飛んでしまい、「挑戦！」の言葉が浮かんだのです。

すぐに放送大学「心理と教育コース」の三年に編入して、一年間で、学位、学士を取得し、二〇一七年三月に卒業しました。

編入学は通常は最短二年ですが、数年前に入学していて、レポート四科目を提出しただけで、一度も単位試験を受けずに休学したまま、忘れていたのです。「休学期限内だから、三十一科目（六十二単位）を取得できた時点で卒業可能」とのことで、最短一年で卒業することができました。

忘れていた再入学のチャンスに巡り合って幸運でした。

エネルギーが満ち溢れてきて、劣等感に悩ませられていたなんて、嘘のようでした。ずっと続けてきた好きな分野だったので、夢中で勉強しました。

さらに、「目的」、「目標」を実現するために、週四日の軽い筋トレに通い、体調を整え、楽しんで学びながら、試験の準備ができたのです。

そして二〇一八年九月九日に実施された第一回公認心理師試験に合格し、二〇一九年六月九日に初めてホームページを公開しました。

公認心理師試験という目標ができ、「必ず一発合格する！」と心に誓ったその時から、年齢に対する劣等感が消えていたのです。「目標ができるって、凄いですよね！」本当です。

うつ病にも言えますよね。「病は気から」。

うつ状態やうつ病は、隠れた身体的な病がなければ、全てではないけれど一か月で改善できるのではないでしょうか。重い場合は、医師の助けを得ての薬物治療やカウンセリングが必要。それ以上に、家族や友人の温かいサポートが必要です。

最も大切なことは、「生きる希望」と「目標（生甲斐）」を持てることではないでしょうか。本当に凄いことです！

自分の心の内を理解し、「こころの強み」を認識することです。

私は、そう思います。


公認心理師国家試験は、私の終盤の人生にとって、大丈夫！　今からでも遅くない「挑戦！」の新たな学びのスタートとなりました。

そして今、私は残りの人生を意識して生きています。限られた短い時間の中で「やりたいことが残っていないか？」、「今、やらなくてはならないことがあるか？」と考えます。


五年前、兄が肺がんで他界する二日前、電話で、「悔しい！　騙された」と言っていました。

私が「誰に？」と問うと、「医者に」と言ったのです。

兄は、公務員の傍ら、定年後はスポーツを通して、最後まで、地域に貢献し、皆に親しまれていました。その兄の最後の言葉が「悔しい！」なんて。

今となっては事実を知ることはできませんが、「もっと早くに聴いてあげていたら……」その言葉が脳裏から離れず、後悔したのです。


マザーテレサの言葉「人生のたとえ九九％が不幸だとしても最後の一％が幸せならば、その人の人生は幸せなものに変わる」。この言葉が痛いほど身に沁みます。

人生の最期に後悔しないように、納得できる生き方をしたいと思います。


私はアナログ人間なので苦労しています。パソコンのワードは右の人さし指一本で打ちます。これでは、デジタル・ディスラプションの時代に取り残されてしまいますね。

これからの経済社会は、ＡＩにはできない能力、人間でなければできないコミュニケーション能力、読解力、創造力、想像力、問題解決力、構想力を磨くことなど、質の高い人材の確保が、ますます重要になると思います。

常に新しい知識と技術を学ぶことです。貴方の可能性、潜在能力を引き出すために、自己啓発が重要なのです。将来への自己投資です。

これからの時代を見据えて、資格取得方法や勉強法などの知識が必要です。

リカレント教育「学び直し」が必要です。

心理学、コミニュニケーションの知識と技術を学んでみませんか。

今から、「定年後の生き方を考えてみましょう！」、「転機をつくる学び直しをしませんか」、「生き甲斐を探しませんか」、本当に、真剣に考えてみませんか。

自分のやりたいことに気づいたら、「今、この瞬間」から行動しましょう　生き方を変えましょう！

「自分は何をやっても失敗するダメな人間だ、自信がない」などの思い込みで、行動しない言い訳をしていてはいけません。

ポジティブな面も、ネガティブな面も全て自分なのです。

ありのままの自分に気づき（自己洞察し）、自己尊重・自己受容し、自己選択・自己決定ができるようになれば、新しい生き方ができるのです。

自分を受け入れる姿勢がないから、自己肯定感が低いのです。

自己肯定感が低い原因として、幼少期からの生育歴、生活環境によると言われます。

確かに、親の責任は大きいです。しかし、他者や環境のせいにして、大人になってもその状況を維持し続けているのは、自分の責任だと思います。自己選択・自己決定し、主体的に行動し、生きていく〝人生脚本〟を創造するのは、まぎれもなく自分自身ですから。


「チャンスは自分で掴むもの」「そのチャンスは次のチャンスを生む」、私の好きな言葉です。その言葉を胸に実行してきたつもりです。


「失敗は成功のもと！」です。

私は、数々の小さな成功と、一度の大きな失敗を経験しています。

小さな失敗を経験（積み重ね）することの大切さを、身をもって知りました。

しかし、私が大きな失敗にめげなかったのは、小さな成功の積み重ね（自信）があったからです。

失敗しても、「失敗から学んだ」、「経験という財産を得た」、「新しいキャリアステージへの移行期だ」と捉えてみたらいかがでしょう。

きっと新たな未来を開くことができるでしょう。

大丈夫！　今からでも遅くない、あなたも自分らしく生きられます。
人生は最後まで、広い可能性が秘められているそうです。
貴方もまだまだ、「歳だから」と諦めずに、挑戦してみませんか。
私の経験がほんの少しでもお役に立てたら、「凄く幸せ！」です。
そして私も、終盤の人生を後悔のないように、「本気で生きる！」と心に誓います。
そんな願いを込めて、この自己啓発本の執筆にチャレンジした次第です。

この本を手にとってくださいまして本当に感謝しております。ありがとうございます。

二〇二〇年一月元旦

目次

はじめに　3

第一章　学びと成長

・私の結婚以前の人生キャリア　17
・私の結婚後の人生キャリア　19
・何が起きても大丈夫なように備え（学んで）、
自分の強みを持って、「今を大切に生きよう！」　33
・やりたいことを先延ばしにしない　何故か？
——Aさんからの最後のメール——　38
・人生百年時代に突入。これからのＡＩ時代に備えて　40
・学ぶことは、「成長すること」、学びなしには成長はない　43
・失敗も成功も経験した方が良い
——人生での大失敗！　私が経験したコワ〜い不動産の話——

（学びの積み重ね「心の強み」があったからこそ困難を乗り越えられた）　48
・「どうやって？」主婦が不動産投資の資金を作れたのか
日本経済の高度経済成長期、バブル経済を迎えて　49
・「失敗は成功のもと！」心理学を学んでみてはいかがでしょう　60

第二章　自己肯定・夢の実現

・セルフイメージを変えたら、公認心理師国家試験の一発合格
——セルフイメージの大切さを身に沁みて感じた出来事。
自己肯定感を高めて、チャンスを掴もう！——　65
・「人生を変えたい！」と本気で思えば、貴方は変わることができます
——自己肯定感を高めることです——　79
・自己肯定感が低いことが、「職場」「家庭」「経済」「病苦」など、
さまざまな人間関係や健康状態における、多くの悩みを引き起こします　85
・ＨＳＰ（Highly Sensitive Person）自分の生きてきた人生を振り返り、
自己肯定感を高めることが大切！　93

・自己実現の定義　99
・自己実現されている人の特徴、共通点　103
・自己実現（夢）を叶えるにはどうすればよいのでしょうか
・「本当に好きでやりたいことは」諦めたとしても、時を経て、不思議と巡り合うものです　108
・十年前興味本位で取得した産業カウンセラー資格、今、活かせる時が来た！——Sさんからの嬉しいライン——　113
・興味本位で学んだアナウンス技術、十二年後に巡り合い、プロとして大活躍！——結婚式プロ司会での忘れられないハプニング、その時！——　116

第三章　ストレス

・私の経験から気づく、目標ができると、「トラウマ解除！」　118
・「病は気から」「健康も気から」——予防医学の見地から——　121
・ストレスが「必要悪」とはどういうこと？——不快ストレスの緩和法——　126

・新しい生活への第一歩は、心身の疲労を溜めないための「セルフケア」を行うことです
——自分の感情を理解して、適切にコントロールしましょう—— 133

第四章 カウンセリング・傾聴

・カウンセラーとして初心を忘れないよう心がけていること 136
・科学的学問「心理学」「カウンセリング」「傾聴」って何？
——カウンセリングの重要な基本的技術は「傾聴」です—— 141
・傾聴してもらうと人生が変わる！——「傾聴の効果」を教えて！—— 146

第五章 医療・健康

・新型うつ病——私の持論 151
・国民皆保険制度や医療費の三割負担に思うこと 155

終章

・チャレンジして、納得しましょう！
――「自分の強み」になりますよ―― 157
・多様な情報が溢れる時代 162
・新型ウイルス、コロナ「まさか」の緊急事態
――刻々と変化する社会情勢、
生き抜くためには「自分の強み」を持つことが重要―― 164

あとがき 171

第一章　学びと成長

私の結婚以前の人生キャリア

私は一九四五年に横浜で生まれ、育ちました。

三ツ沢、浅間山に近い、横浜駅から徒歩約三十分程の南浅間町です。

小学校時代は、川に浮かんでいるイカダに乗って遊んだり、田んぼでおたまじゃくしをとったり、近くの小高い山（浅間山）で遊んだり、蓮華で花冠や首飾りを作ったり、現在では想像できない、四季折々、緑豊かな自然に恵まれた風景のなかで育ったのです。

ガキ大将で遊んでばかり、小学校時代の私の成績は常にビリから三番以内でしたが、誰にも一度も叱られたこともなく、褒められた記憶もなく、唯、のびのびと育ったと記憶しています。

兄と弟二人の四人きょうだいですので、男の子みたいだったのかもしれませんね。釜戸でご飯を炊き、タライで洗濯、質素な生活、近くの銭湯に通ったことも、今では懐かしい思い出です。

そんな私も、中学生になると、新しい授業課目の英語に興味を持てたことがキッカケとなり、勉強の楽しさを知ることができました。

中学時代の三年間は、バスケットボール部に所属し、活発な反面、詩集を作ったり、押し花を楽しんだり、女の子らしい一面もありました。

その後、「落ち着いた雰囲気の学校」を自分で選択し、鶴見女子高等学校の商業科へと進学。高校での三年間は、道徳教育や座禅など、心和む時を過ごせて、本当に良い経験をしたと思います。

今、こうして瞼を閉じると、陸上部、生徒会活動や友人との楽しかった思い出が、昨日のことのように、胸のなかを過《よぎ》っていくのです。

私の時代は、女性の大学への進学は大変少なかったと思います。

私自身も大学へ進学したいとは一度も考えたことがありませんでした。「将来の夢」や「やりたいこと」もなく、商業科だったことから、あたりまえのように銀行に就職したのです。

銀行には七年間勤務して、結婚退職しました。

結婚一年後に娘が誕生し、今までの人生で「最高の幸せ！」、感激したことを決して忘れることはないでしょう。

そして銀行員としての経験が、その後の私の事業経営の基礎となったのかもしれません。

私の結婚後の人生キャリア

◆結婚後の前半の学びと仕事（キャリア）

育児・家事の傍ら、短大で公認会計士・税理士などの経営学を学び卒業し、並行して、学習塾経営・横浜市の教育文化センターでセミナー講師を務めていました。

しかし、夫が電電公社（のちのＮＴＴ）に勤務していたので転勤が多く、約六年の学びや仕事の経験の後、三重県鈴鹿市への転居となり、仕事を断念することになりました。まさに、私にとっての「人生キャリア」、トランジション（過渡期・岐路）を迎えたのです。

「人が、生涯の中でさまざまな役割を果たす過程で、自らの役割の価値や自分と役割との関係を見いだしていく連なりや積み重ねが、『キャリア』の意味するところである」

右記は、中央教育審議会、「今後の学校におけるキャリア教育、職業教育の在り方について」(平成二十三年一月三十一日、一部抜粋)です。

キャリアには「人生を構成する一連の出来事」という意味があり、生涯にわたるプロセス(個人の生き方)として広く捉えることが大切です。

出生、進学、就職、昇進、転動、転職、退職、独立起業、引退など人生の節目は、次のステージへの移行期として発達課題を抱え、対処の仕方により危機、あるいは機会となる岐路でもあります。とても重要な時期なので、カウンセリングが必要となります。

◆鈴鹿市にて(人生の節目を好機として捉えた)

鈴鹿での三年間は、日常生活、仕事においても、非常に生き甲斐のある日々でした。

鈴鹿サーキットでは、劇団コチラ座でのアルバイト。ぬいぐるみ着用で本当に暑くて大変でしたが、楽しい思い出です。

同時に、東海ゼロ企画(社長は、元かしまし娘のマネージャー? 付き人だったと聞いていました)では、結婚式部門の女性プロ司会者第一号として、数多くの仕事をさせていただきました。

お酒のＣＭ出演経験も懐かしい思い出です。

イベントやステージなどの司会でエネルギー全開状態、本当に楽しかったです。

三年後、夫の埼玉県浦和市への転勤が決まり、三年間の鈴鹿での生活を終えることになって、またまた人生の転機です。

東海ゼロ企画が、ホテルサンルートを借り切って〝加藤蓉子 満勤御勇退〟と送り出してくれたことを深く感謝しています。

◆埼玉県浦和市にて（人生の転機を好機とする）

私は司会の仕事が好きだったので、すぐに営業に動き出しました。

浦和平安閣をはじめ、東京消防庁、レストラン西武系他、東京・埼玉の結婚式場を中心として、さまざまな地域で活動を始めたことで、(有）オフィス・フレンズを設立し、約三十人の登録司会者を集めてイベント請負事業に挑戦しました。並行して、心の相談室、音楽イベントを開催する飲食業の経営など、失敗を恐れずに多角事業に挑戦してきました。

結果、多くの仕事に恵まれ、財を成し成功！

緊張感や充実感のみなぎる日々、まさに、華の時代でした（まさかその後、不動産で大失敗するとは知らずに……)。

◆カウンセリング、心理学の学びスタート！

心理学を学び始めたのは五十歳の時でした。二十代の頃から、「歳を重ねたら、カウンセラーになる！」と決めていたので、先を見据えて、司会・音楽イベント飲食業の仕事の傍ら、日本カウンセリング学会、日本カウンセラー学院やドクタークラズナー本人の研修会に参加して、臨床心理学やヒプノセラピーを学びました。そして臨床心理カウンセラーとして、(有)オフィス・フレンズの一事業として、「心の相談室」を有料（一時間三千円）で開業していたのです。今、考えると、知識、技術が未熟で恥ずかしい思いで一杯ですが。

◆不動産での大失敗！　バブル期に不動産買いまくり

「人生、一寸先は闇」と言われるように、何が起きるかわからないものですね。

一九八六（昭和六十一）年十二月から一九九一（平成三）年二月の間に資産価値の上昇と好景気により、日本で起こった社会現象を〝バブル期〟と言います。

仕事で少々成功した私は、何を血迷ったのか、四軒の不動産投資で大失敗をしました。不動産総額一億八千万円（現金とローンを含む）、私が結婚後にチャレンジした事業で稼いだ財産を、バブル崩壊後のたった十年間で失ってしまったのです。

嘘のような話ですが本当です。そんな時代だったのです。「馬鹿なことをした！」、でも後の祭りです。多くの投資家が苦い経験をお持ちでしょう。

「失敗は成功のもと！」小さな失敗を経験（積み重ね）することの大切さを、嫌というほど思い知りました。

商売は「小さく始めて、大きく儲ける！」私は、その逆でしたから。

◆不動産の処分完了、解放感！

今から十四年前に、私名義の全ての不動産を処分することができました。ローンを完済したら、手元に残った現金は少々。でも、ホッとしました。解放感！

大きな財産を失いましたが、まだ六十歳で若かったし、健康で働けたから悩まなかったのです。むしろ経験という財産を得たから後悔はしていない、「この人生の転機を好機に変えよう！」「次のライフステージにいくためのチャンスだ！」大損をしたにもかかわらずそんな気持ちでした。

今、振り返れば、幼少期から自己選択・自己決定をし、自立をしていたため、私の自己肯定感が非常に高かったからだと納得できました。

さて、これから、新しい未来の始まりです！

こうして、結婚後における私の仕事キャリアの前半は約二十六年で幕を閉じたのです。

◆人生の後半〜新しい仕事（介護、福祉）への取り組み

不動産の大失敗は、運命と言えるのでしょうか、二十代の頃から考えていたカウンセラーへの再チャレンジを後押ししてくれたのだと思ったのです。

さて、次のキャリアステージに進みます。

カウンセラーに必要な現場体験を身につけることが先決だと考え、「介護、福祉を知りたい！」と心に決めたのです。

まずは、事業の傍ら、週二回の施設介護ヘルパーからスタート、五十五歳でした。その後、不動産が売れるまでのローン返済と私自身の生き甲斐と自己成長のために、さいたま市の自宅を中心として一日三〜四軒のご利用者宅を自転車で十キロ以上走ってまわり、真っ黒にな

って（一生懸命）、訪問介護の現場で働きました。

二〇〇八年には介護福祉士国家資格を取得して、正社員として、サービス提供責任者、生活相談員、管理者を経験することができました。後に（二〇一一年）、介護支援専門員（ケアマネ）資格を取得し、（株）ベターライフワン 指定居宅介護支援事業所 福寿草（一人ケアマネ）を自宅で開業したのです（（株）ベターライフワンは二〇二〇年十二月にて解散、清算結了手続き終了済です）。

介護認定調査員の仕事や認知症キャラバンメイトも大きな学びとなり、「自分の強み」となりました。

◆十六年間にわたる、貴重な介護の現場経験

私の十六年間にわたる介護の仕事は、施設介護より、訪問介護の現場が長かったです。

要支援の方々をはじめ、ALS、末期がん、レビー小体、パーキンソン、アルツハイマー、多系統委縮症他、数百人に及ぶさまざまなご利用者と、そのご家族に関わらせていただきました。

その間、「病との闘い」「子どもとのいさかい」「夫婦の憎しみ」、そして「生と死」など、

数多くの悲しみや苦しみに出会いました。しかしずっと続けてきた心理学の学びが、介護の仕事に役立ち、大きな支えとなってくれたのです。

「お役に立てて嬉しい！」「今まで学んできて良かった！」という心からの喜びは、私の人生の貴重な体験となりました。

ここにも学び（資格）が役立ったのですね。「資格は凄い！」、「私の生きる強み！」になってくれたのです。

◆介護職の仕事を始めるキッカケ「経験と資格は鬼に金棒！」

整体師とヘルパーの資格がセットでお得に取得できるキャンペーンがありました。

「整体師の資格をとれば、ヘルパー二級の資格が無料になります！」のキャンペーンにより、低価格で二つの資格が取得できたわけです。他の学校と比べてみたら、本当にビックリするほど安かったのですよ。三週間後には元の金額に戻っていたのを知った時に、「ヤッタ！こんなこともあるのだ！」と喜びました。七万円も安く「資格ゲットのチャンス」を掴めたのです。五十五歳の時です。

一年後、ヘルパー一級を取得してキャリアを積んでいきました。

整体師の資格は、体のしくみが理解できるし、調理師国家資格は、訪問介護ヘルパーの仕事にプラスになりました。音楽イベント飲食店を開店するために取得した調理師国家資格が、ここでも役に立ったのです。

まさに、経験と資格は「鬼に金棒」だと実感できた瞬間でした。

介護・福祉の仕事の傍らでの相談業務は、二重関係になります。カウンセラーとクライエントとで成立したカウンセリング関係以外に、親子、夫婦、師弟、友人、知人、仕事関係など別の関係ができることは倫理的に禁止されています。それゆえ、この時から産業カウンセラー（十一年前に資格取得）の仕事を除いては、すべて無料相談にしたのです。

私の長い兼業カウンセラー時代の始まりでした。

◆「チャンスを掴み取る！」

「チャンスは自分で作るものであり、そのチャンスはまた別のチャンスを生む」とよく言われます。

私は独身（銀行員）の頃から、ブランクなく学び続け、行動（実行）してきました。

仕事も学びも、自分でチャンスを作り、そのチャンスを掴んできました。

だから、今もそう思っています。

それが私の幸せであり、強みなのです。

◆三年で辞めるつもりが十六年に

介護・福祉の仕事を三年経験したら辞め、心の相談室を再開業する予定が、いつしか十六年経っていました。

二〇一七年一月六日に「こころの相談室」税務署に提出、再開業しました。

同じ年の三月には、放送大学（心理と教育コース）で心理学の学位・学士を取得でき、六月三十日にケアマネ事業所（一人ケアマネ）の廃止届を提出しました。

そして二〇一八年九月九日に実施された、日本で初めての心理学国家資格「第一回公認心理師試験」に合格して、やる気がスイッチオン！

以前から学びたいと思っていた精神医学や予防医学指導士の小論文に取りかかりました。

◆私の人生ラストスタート！

二〇一九年三月、第一回公認心理師国家試験の登録証が届きました。

東京の医療機関から予防医学指導士の認定証が届きました。

「公認心理師」は、保険医療、福祉、教育、産業・労働、司法・犯罪の五分野を扱います。

私は、司法・犯罪を除いた四分野と精神医学が得意分野です。

◆私が取得し、「仕事に役立ち」さらに「強みとなった」カウンセリング関連資格とその他の資格

○カウンセリング関連資格

公認心理師、予防医学指導士、産業カウンセラー、催眠療法士、臨床心理カウンセラー、整体師、医療コンサルタント、ヘルパー一級・二級、介護福祉士国家資格、介護支援専門員（ケアマネージャー）、認知症キャラバンメイト、認定調査員、調理師、看取り士（令和二年四月からの会員継続を一時見送りとしたので、看取りカウンセラーに変更）

○その他の資格

公認会計士一次試験免除、税理士受験資格、珠算・簿記二級、英検三級、普通自動車免許他

◆夫の独立

時代は大きく変わりましたが、「夫も私も若い頃から、時代の先端、まるで現代社会を生きてきたのかも？」と思うことがあります。

三重県鈴鹿市から埼玉県浦和市に転勤し、三年後、夫は四十三歳でＮＴＴ（課長職）を退職しました。

その半年後から六年間は、ＮＴＴで培った知識と技術を基に、専門学校三校の講師をかけ持ちしていました。

第一種情報処理の資格があり、電電公社（ＮＴＴ）の鈴鹿学園で主任教官として三年間社員教育に携わっていた知識と経験があったからです。

一九九七（平成九）年、四十九歳の時に、渋谷でソフトウェア開発の㈱エイチ・アイ・ティィを設立、現在に至っています。

夫が独立起業できたのは、経験と資格を身につけていたからだと思います。

「会社が嫌だったのかな？」「人間関係が大変だった？」「人に使われることが嫌だったのかも？」などと夫に聞いたことはないけれど、歳を重ねた今だから、わかるような気がするのです。

模索しながら、自分の道を見つけるなんて、「大変だったのだろう」「凄いね！　頑張ったのですね」と言いたい。

まさに、中高年の人生の転機を〝危機〟ではなく〝好機〟に変えることができたのだから！

◆キャリアウーマンと言われて

私は、三十代の頃から、多くの人から「加藤さんはキャリアウーマンだね」と言われてきました。

娘が誕生した時「世の中にこんな幸せがあるものなのか」と感激した私。育児、家事、学び、仕事など、やりたいことを行動に移し、そのプロセスを楽しんできただけなのに、「何で？」と思ったものです。

あたりまえのように思っていましたが、私達夫婦は、もしかしたら本当に「時代の先端を歩んでいた？」と最近思うようになりました。

◆刻々と変化する社会経済状況、今、必要なのは、生涯にわたる仕事と学び

これからの厳しい世の中、少子高齢化、労働人口減少の影響などにより、日本型終身雇用システムの継続は困難であろうと推測されます。

独立・副業などの可能性も視野に入れて、セカンドステージを切り拓くためには、強みとしての新しい知識とスキル（資格）を学び、淘汰されない人材として実力を磨くことが必須です。それには、新しいキャリアを積むこと、リカレント教育（学び直し）が重要だと思います。

「昨日の常識は今日の非常識」刻々と変化する状況に対して、生涯学び続けることが必要です。

私もそうありたいと思っています。

何が起きても大丈夫なように備え（学んで）、自分の強みを持って、「今を大切に生きよう！」

イギリス人の詩人バイロンの「事実は小説より奇なり」をはじめ「一寸先は闇」「禍福は糾える縄の如し」「人間万事塞翁が馬」「沈む瀬もあれば浮かぶ瀬あり」など故事ことわざとして知られている表現です。これらはなんとなく暗い印象を受けますが、必ずしも悪い意味ではないですよね。

人生には、良いことも悪いこともあります。思いもよらないこと、予知、予想もしないことが起こるものです。

幸福と不幸は表裏一体であり、代わる代わるやってくるものです。すなわち「成功も失敗も、より合わせた縄のように」目まぐるしく変化するのです。

だから良いことがずっと続くこともないし、悪いことがずっと続くこともありません。

つまり、いずれも先のことはどうなるのか予知、予測できないことの喩えなのです。

だからこそ、なにが起きても大丈夫なように備えて（学んで）おいたうえで、「今を大切に生きることですよ」という戒めの言葉でもあります。

ちなみにドイツ語哲学用語の「ダーザイン」とは＝根源的時間（今ここにいる）という意味です。

「通俗的時間」とは、過去（既在）↓現在（今ここ）↓未来（到来）を今の自分の方へもたらすことです。

◆今という瞬間を生きる

私は、五年前から、「今という瞬間しかない」根源的時間を、「悔いなく生きる」ことの大切さを痛いほど身に沁みて感じています。

五年前に親友が子宮ガンによる全身転移、そして同時期に兄が肺がん、三年前には、弟が肺がんで、相次いで他界したのです。

昨年、（二〇一九年四月）に愛犬ミルクが心臓疾患で、あっけなく十二歳で旅立ってしまったことは、本当に思いもよらないことでした。

「偉そうなことを言って！」と私自身も話していてそう感じることもありますが、この頃は、先駆的決意性（あらかじめ死を覚悟して生きる）を心がけています。

私は、人間関係専門のカウンセラーです。

歳を重ねた分だけ、多くの苦しみ・悲しみ・幸せに出逢いました。こころの悩みに寄り添いながら、丁寧に傾聴させていただいています。この、素晴らしい心理学、カウンセリング（傾聴）の知識と技術に出逢えたことが、私の人生の生きがいであり、強みとなったのです。

◆これからの産業構造は、デジタル・ディスラプションの時代

「二〇三〇年には今存在している仕事の四九％は大幅に変わっている」（オックスフォード大学のマイケルＡ・オズボーン教授と野村総研の調査より）
これは四九％の職業が、人工知能やロボット等で代替される可能性との研究報告です。
続いて、二〇一一年八月にキャシー・デビッドソンがニューヨークタイムズ紙のインタビューで語った予測です。
「二〇一一年にアメリカの小学校に入学した子どもたちの六五％は大学卒業後、今は存在しない職業に就くだろう」（ニューヨーク市立大学大学院センター教授　キャシー・デビッドソン）
人生百年。ＡＩ時代で、二〇三五年には多くの人が、今、存在していない仕事に就いてい

ると言われています。

「デジタル・ディスラプション」とは、新しいデジタル・テクノロジーによって、既存の産業を根底から揺るがし、新しいビジネスに生まれ変わる破壊的かつ革新的なイノベーションのことです。

すでにデジタル・ディスラプションは、あらゆる産業に広がっています。

社会全体のデジタル化が急速に広がる現代においては、向上心に満ちた「質の高い人材の確保」が最も重要になっています。

これからの時代は、さらに、常に新しい知識と技術を学び、生涯学び続けることが必須ですね。

◆リカレント教育

今や、人生百年時代に突入。これからはＡＩ時代に備えることが必要と言われています。

「さまざまな人生の危機に備えること」、「学んで自己成長すること」が必須です。

ＡＩでは代替できない能力、人間でなければできないことの知識や技術能力の強化を図ることが大切なのです。

「人」、「物」、「お金」の時代から「人間力」へ、今、企業に求められるのは、人間的にも技術的にも優れ、自分の強みを持つ人材が、必要とされるのです。

リカレント教育（転機をつくる学び直し）や心理学、コミュニケーション技術（傾聴）のスキルがますます重要になるでしょう。

◆淘汰されない人材でいるために

「孫と縁側でひなたぼっこ」は、今や遠い昔、「老後をゆっくり楽しもう」なんて考えていられません。シニアになっても新しい仕事に挑戦しなければならない時代がすぐそこに……とても不安ですよね。

淘汰されない人材として活躍できるためにも、特に、セルフイメージや自己肯定感を高めることが必要ではないでしょうか。

自己啓発、資格取得方法や心理学、コミュニケーション技術を勉強するなど、貴方の可能性を一緒に開きましょう！

やりたいことを先延ばしにしない　何故か？
―Aさんからの最後のメール―

松本さん、こんにちは。
今日は重い話ですみません。
実は私、胆管がんでした。がんの中でも進行が速いそうです。
急なことで信じられません。
もう少し生きると思っていたのでやり残したことが山積みで
どこから手を付けたらよいかわかりません。
転院も考えましたがこの状態から可能なのか迷っています。
〇病院というのが川越にありホスピスでいろいろな代替療法も取り入れています。
今の病院の許可がでれば可能になるのですが。
長々とすみません。

右記は、Aさんから、歌人の松本進さんに送られたメールです。

Aさんと松本さんと私は、各々、イベント企画会社を起業していた時からの仕事を通じての友人です。

松本さんからこのメールを転送していただきました。

Aさんは、このメールを最後に帰らぬ人となりました。

余命宣告を受け、どんなに辛かったことでしょう。その苦しみは計りしれません。

「自分が死ぬなんて」、「自分の存在がなくなるなんて」、きっと信じられなかったに違いありません。

「やり残したことが山積み」で「どんなにか無念だったであろう」と考えるとやりきれない思いが込み上げ、一年経った今でも胸が痛みます。

この事例を紹介させていただきましたのは、「やりたいことを先延ばしにしない」との私の強い思いからです。

人生は長いようで短い。「限られた時間の中でどのように生きていくのか」、「やらなくてはならないことがあるのか？」、残りの人生を意識することが大切です。

明日、何が起こるかは誰にもわかりません。

「今やることを先に延ばすな」ですよね。

人生を豊かに生きるためにも、後悔しないためにも、自分の心の内に耳を傾けましょう。

そして「先延ばしてもよいことなのか、否か?」を問うてみましょう!

「本当にやらなくてはならないこと」だと気づいたら、「先延ばし」しないで行動してみましょう!

人生百年時代に突入。これからのＡＩ時代に備えて

先にも触れましたが、これからは社会全体のデジタル化により、産業構造の変革化が起こり、既存の産業が破壊されるデジタル・ディスラプションの時代です。

日本経済の大きな流れ、大変な時代の到来です。

ＡＩでは代替できない能力、人間でなければできないことの知識や技術能力の高度化が重

要です。

すなわち人生を通したリカレント教育（学び直し）が必要不可欠になります。淘汰されない人材として活躍できるためにも、これからの自己啓発、資格取得方法や勉強法などを共に考えていきましょう！

○資格取得方法や勉強方法などの自己啓発、「自己実現が叶う」支援のメリット

・資格が取得できたことによって、気持ちに余裕や自信が生まれます。
・自己肯定感が高まり、自信が生まれることによって、将来への不安が和らぎます。
・資格は「時代を映す鏡」、社会環境、社会制度や技術が変わると、それに対応する新しい資格が生まれます。
ゆえに資格取得は、人生キャリアを変えるパスポートと言えるでしょう。
・カウンセリングやアドバイスを受けることによって、自己洞察し、自己選択、自己決定ができるようになり、目標達成（自己実現）に向けての支援となります。（視点の変化）
・少子高齢化、労働人口減少の影響などにより、これからは日本型終身雇用システムの継続は困難であろうと推測されます。
独立・副業などの可能性も視野に入れ、セカンドステージへの人生を切り拓くためには、

武器として新しい知識とスキルを学び、「実力を磨くこと」、すなわち「自分の強み」を持つことが、必須です。

・学ぶことによって成長し、物事を成し遂げる力、能力を磨いて自分の才能に気づきましょう！

・生き残る人材になるにはどうすればよいのか共に探しましょう。
人生の転機を「好機にするか」、「危機と捉えるか」が重要なのです。

サラリーマン時代の夫の転勤で六回の転居を経験した私は、その都度、仕事を変えることになりました。好きな仕事だったのでやめたくなかったけれど、仕方なかったのです。今でも、その時の苦しい気持ちをはっきりと思い出します。

しかしこの人生の転機を好機として捉え、次々と新しい仕事に挑戦してきました。そのたびに、知識、技術、経験が豊富になって、自信が生まれ、チャンスに巡り合えたのです。

現代社会においては、一つのことだけに捉われないで、興味があれば、複数のやりたいことにチャレンジすることも大切です。人生の幅が広がりますから。

「チャンスは自分で作るもの」「そのチャンスは次のチャンスを生む」を、実践してきたのです。

私が不動産での馬鹿げた大失敗の時にも動じなかったのは、「役立つ資格を身に付けていたこと」、「健康で働けた」からです。

四十代、五十代、六十代でも手遅れではありません。

七十代、八十代……いくつになっても、大学、大学院などで学ぶことができます。現に九十八歳の方が、元気で大学院で学んでいます。

今から中高年からの生き方を考えてみましょう！

今から将来への自己投資（能力を磨く）を実行し、チャンスを掴みましょう！

学ぶことは、「成長すること」、学びなしには成長はない

小学校時代の成績が常に再下位（ビリから三番以内）の私は、中学一年からの新設課目、「英語」によって、勉強に興味を持つことができました。

幼少期の勉強は、人生の基礎となります。社会人になってからの学びは人間成長に欠かせないものなのです。

勉強嫌いの私が、英語を好きになれたことで、「私にもできるんだ！」と自分に自信がもてたのですね。

これがキッカケとなって、今日まで、学ぶことの大切さを身に沁みて感じています。

だからといって、「大学へいって○○になりたい！」なんて考えたことはありませんでした。

就職するのがあたりまえと思っていたので高校卒業後は、とっとと銀行に就職しました。

銀行員としての七年間は、貸付係と営業職を除いて、特に計理係が長かったのですが、銀行業務全般の経験は、以後、私の人生キャリアに大変役立っていたのです。

現在では、私の結婚感は変わりましたが、当時は、焦り、「二十五歳までに結婚して、すぐに子どもを……」

それが私の夢であり、目標だったのです。

その反面、こんな一面もありました。

銀行勤務の傍ら、休日には、英語、保母試験、アナウンス学院、花嫁修業などの学びを続けていたのです。

「どんな時にでも生きていける自分の強みを持つこと」、これは、助産院を開業して、地域に貢献してきた母の言葉です。それを実践している母の生き方が心に響いていたからです。

関東大震災や戦争を生き抜いてきた母の素敵な影響だったと思います。

今でも、「一寸先は闇」、「資格は鬼に金棒」、「芸は身を助ける」などの格言や、「チャンスは自分で掴むものですよ」と教えてくれた母の声を忘れることはありません。

結婚退職、すぐに娘が誕生、「目標が実現！」したそこからが、結婚前には想像すらしなかった私の人生転機の始まりです。

育児、家事に忙しいなか、産業能率短期大学通信制を卒業、公認会計士の一次試験免除、税理士受験資格を取得しました。

横浜市の成人教育セミナー講師、学習塾経営、アメリカ短期留学など、次から次へとチャンスを掴み、キャリアが積み重なっていったのです。

この経験が後の私の人生に大きく影響しています。

「学ぶことは成長すること」、学びなしに成長はないのです。

大切なことは、「気づいたら、まず、行動してみましょう！」、勇気をもって一歩踏み出すことです。そこから始まるのです。行動すると経験になりますから。

でもチョット！　待ってください、やみくもに行動できませんよね。

行動する前に、情報の収集、情報解釈、意思決定が重要なのです。

以前はＰＤＣＡサイクルの学びが主流でしたが、ＡＩ、新時代の昨今、ビジネス現場では、臨機応変、柔軟に対応するＯＯＤＡループの手法が求められています。

ＰＤＣＡサイクルとＯＯＤＡループは、ビジネスの現場で業務遂行の効率化を目指すことは同じですが、ＰＤＣＡサイクルは、計画立ててから行動する。ＯＯＤＡループは計画を出発点としないで、情報収取、状況判断により方向づけ、柔軟に変えていくのです。

ここが両者の相違点です。

まず、ＰＤＣＡサイクルについて説明しましょう。

ＰＤＣＡサイクルとは、計画→実行→評価→改善、すなわち「計画」を出発点として、業務を継続的に改善する手法です。

次にＯＯＤＡループの優越性について述べたいと思います。

観察（observe）→情勢判断、方向づけ（orient）→意思決定（Decide）→行動（ACT）

情報収集により→情報の解釈に基づいて→意思決定し、→行動、実行というサイクルです。

変化の激しい昨今、私がこの方法を選択するのは、左記の理由からです。

あらかじめ決めている約束を必ず守ること以外は、現場の判断力で柔軟に対応、行動することを目的とします。ですから達成するための手段は明示されません。

依存心をもたない。自発性、構想力、創造性を上手に活用して、目的達成のための方法を探り、相互信頼に基づいて、短時間で成果（効果）を出すのです。

これがＰＤＣＡとの違いですね。

私は若い頃から、ＯＯＤＡループのような手法を実践してきたように思います。

「やってみようかな」、「できるかな」と思ったら、その分野を観察し、情報収集し、判断し、自己決定をし、行動してみましょう。

「好きだと思っていたことがそうではなかった、やってみたら興味がありそう！」なんてことは、「食わず嫌い」のように、よくあることです。

行動し経験しなければ、何も始まらないですよね。実践したら、状況によって、柔軟に変えていくことです。

周到にプランを設定するより、柔軟で素早い状況判断が求められる新時代です。

だからこそ学ぶことが重要なのです。学びなしには成長はありません。

学びは、「自分の強み」となって行動、実行の基盤となります。

事業では、小さな成功を重ねてきた私が、まさか後に、失敗するとは思ってもいなかったのです。

前述のように私は、不動産投資で大きな失敗を経験しています。

今よりずっと若かったことと、健康で働けたから恐いとは思いませんでした。そして、この人生の危機を好機に変えられたのは、「学び」があったからです。

今振り返ると、あの失敗経験がなかったら、いずれ、もっと大きな失敗を起こしていたかもしれません。

そう思うと、自分の経験から、「失敗も成功も」経験した方が良いと思うのです。

ただし、体力、気力の衰えに気づく、人生の終末になってからの失敗は避けましょう！

失敗も成功も経験した方が良い
―人生での大失敗！ 私が経験したコワ～い不動産の話―
（学びの積み重ね「心の強みが」あったからこそ困難を乗り越えられた）


「沈む瀬もあれば浮かぶ瀬あり」私の好きな諺です。

人生にはさまざまなことがあります。よい時もあれば、悪い時もあります。

浮き沈みがあるから、不運も幸運もあるのです。

今、恵まれなくても次には良運が待ち受けているかも知れないということです。

「悪いことがあったところで、絶望してはいけませんよ」という意味です。

私は、不動産投資の愚かな大失敗を経験していますが、めげずに頑張って乗り越えてきました。

ずっと続けてきた学び、仕事、それ以上に、「何をしてでも生きていける」という、心の強みがあったからです。もちろん心と身体が健康であったからこそだと思います。

「どうやって？」主婦が不動産投資の資金を作れたのか
日本経済の高度経済成長期、バブル経済を迎えて

日本経済が、世界に例のない好景気、高度経済成長期に入っていくのは、一九五五年からでした。

七年間勤務した銀行を退職して結婚したのが一九七二年十月でした。翌年の十月に長女が誕生し、「世の中にこんな幸せがあったとは！」と心揺さぶられた強烈な記憶が思い浮かびます。

その二年前の一九七〇年、日本の環境汚染の問題（産業公害）が大きな社会問題となりま

した。

一九七二年は、日本経済がニクソン・ショック（一九七一年）を乗り切って、上昇機運に乗った時期です。

一九七二年七月には、佐藤栄作内閣の後、田中角栄内閣が発足したのです。

昭和の時代は、預金の利息が高く、貯蓄に励めば、かなりの財産形成ができた時代でした。

例えば、一千万円貯蓄すれば、一年定期で五十五万円以上の利息がついたのです。

そんな時代ですから、財産を増やすことができたのです。


学び（資格取得）の資金は自立して作りましょう。「生きる強み」となり、「チャンス」に巡り合うことができます。

「私の人生キャリア」にすでに書いていますが、育児、家事の傍ら、短大で経営学を学び、公認会計士一次試験免除、税理士受験資格を得、学習塾経営、横浜市の成人教育のセミナー講師をしていました。その後、結婚式プロ司会業へのチャンスに巡り合えたのは、ＮＴＴに勤務する夫の五回目の転勤（三重県鈴鹿市へ）による私の職業転機からでした。

三年後、六回目の転勤（埼玉県浦和市へ）。ここでも、鈴鹿時代から引き続き、好きなプロ司会を中心とするイベント事業、並行してイベント飲食店の開業や心の相談室（有料）など多角経営で、好きな仕事に取り組むことができたのです。

好きな仕事で、たくさん働き稼ぎました。

それまでに自分で働いたお金の殆どを貯金と証券として蓄え、自分が成長するために必要な学びの費用は惜しみませんでした。

例えば、学習塾やセミナーの講師に役立ったＵＣＬＡロングビーチ校への短期留学資金、仕事に欠かせない介護、福祉の資格取得、産業カウンセラー、臨床心理学、シニア産業カウンセラー受験向上訓練や放送大学の学位・学士取得などに活かされています。

もちろん私自身が使う全ての費用（学び、趣味、その他）は、家計費以外の出費です。

今、振り返ると、さまざまな人生転機を好機に変えてきました。これは自分だけの力ではありません。

家計費、家族旅行費、子どもの学費、など、日常の生活資金は、すべて夫が出して（管理）いたからこそ、できたのだと思います。

◆「本当に、コワ～イ不動産」というのは何故？

それまで、危機を予測し、「備えてきた」はずなのに、「小さな成功を積み重ねてきた」はずなのに、なんと、浅はかなことをしたのでしょう。

自己決定して行動したので、後悔はしていません。

しかし、齢を重ねた今だからこそ、「残念！」と思うのです。

とても、「愚かで恥ずかしい行動だった」と反省しています。


私が購入したコワ～イ不動産は、何度も言うようにA市で購入した築一年の中古住宅とB市で購入したイベント飲食店建築の土地と店舗新築についてです。

まずは、昭和六十二年にA市で購入した築一年の戸建てについて話しましょう。

契約後、庭の草むしりをしていた一か月後のことです。

隣の家をジャッキで持ち上げているのが見えたのです。田んぼだったので、家が沈んで、傾斜したそうです。ビックリしました。よく見ると、私の家も傾斜しているのです。

すぐに売主の会社に駆け込みましたが、契約済みなので「後の祭り」、手数料を無料にしてもらったことで、諦めざるを得ない。そこで、すぐに賃貸に出したのです。

その頃は、瑕疵物件に対する告知義務がなかったからです。

十五年後には、家が大きく傾き、最終的には空き家になってしまったのですが、今から十四年前に売却でき、一安心。

これからがもっとコワ～イ、B市で土地を購入し、店舗を建築した時の出来事です（ブラックホールに落ちてしまったと言ってもいいほど、怖い思いをしたのです）。

築一年ですでに傾斜している家を購入してしまった失敗にも懲りずに、結婚式のプロ司会と並行して、今度は音楽イベント飲食業を始めました。

一九九三年バブルが終焉した二年後でした。

バブル期には六千万円の高値をつけたB市の商業地域の土地が、約五千万円弱で売りに出ていたのです。

交渉した結果、さらに、四百万円値引きしてくれるとのこと、「地盤がしっかりしている」し「商業地域だからいいか」と考え、契約してしまったのです。

契約内容は次のとおりです。

（違約による契約解除とその違約金）

第10条　当事者の一方が本契約の条項に違反し、期限を定めた履行の催告に応じない場合には、相手方は本契約を解除することができる。この場合の違約金は次のとおりとする。

1　買主の違約による時は、買主は売主に対して違約金として金九百万円を支払うものとする。

その後知ったのですが、その物件は事故物件だったのです。

買わなければ、何も手に入らないのに、九百万円もの大金を失ってしまいますからね。

曰くつき物件を買うしか選択肢がなかったのです。


前回と同じ状況の再来です。

土地の草むしりをしていたら、近所の方が、「この土地買ったのですか?」「はいそうですが、なにか?」、「安く買えたのですか?」「どうしてでしょうか?　なにかあるのでしたら教えてください」「実は……」という具合です。

数人の方からの情報でした。

取得した土地は、近所でも評判の曰くつき物件だったのです。

数年前まで、三軒の飲食店舗があったそうです。自殺、火事、ボヤ、三店舗のすべてが事故物件だったと聞かされました。その三軒全ての土地を取得してしまったのです。

すぐに、県に相談しましたが、買わなければ、買値の二〇%（九百万円）の支払いは免れないとのことで、丁寧に地鎮祭をして店舗新築を覚悟したのです。

三角土地は、建物に凹凸（欠け）は凶だと聞いたので（本当か否か？）、心理的不安を払拭するように、建物の形（欠け）がないように注意して設計しました。

縁起を担いで、地下に大きな水晶を埋め込んだりもしました。

心穏やかにと、窓全体を熱帯魚の水槽に改築したりもしました。

建前から完成までの交渉・対応など、すべて一人でこなしたのです。

今、考えると、凄いバイタリティだったと思います。

◆イベント飲食店を開業して

そこにはグランドピアノを設置し、ジャズ&ブルースコンサート、クラシック、カラオケ、ミニ結婚式などさまざまなイベントを開催してきました。

テレビ、朝日新聞タウン誌、雑誌に無料で紹介され、B市のサービスコンクールにも入賞しました。

開店当時から、多くのお客さんで賑わい。当初は、この曰くつきの土地で、「どんな人が商売を始めたのか」、その方に興味がある方が多かったものです。

「いろいろあった場所ですよね」「はい、そのようですね、でも、気にしていないので」、心の内では、「気にして、気にして」いた私でしたが、精一杯の笑顔で応対していました。

ここまでできたのは、結婚式のイベント事業（並行して）を続けていたからです。

学校関係、お医者さんの集いや常連さんも増えて、活気のあるお店になりました。

今、こうして瞼を閉じると、お客様への、配慮への反省、感謝の気持ちや楽しかった思い出が走馬灯のように、胸の内を過っていきます。

◆まだまだ続く!!　コワ～イ新築二年九か月シロアリ発見

新築なのにシロアリ食害とは信じられません。お客さんが指摘してくれたお陰です。

三年の保証が付いていたので、売主側の費用負担でしっかりと修復してもらいました。

発見が遅れていたら保証されないので、危うい寸前で、本当に助かりました。

交渉の結果、一か月間休業補償金を取得したのです。

またまた、曰くつき物件の心理的不安が重なったのです。

◆次々と起こるコワ〜イできごと

土地の不安とシロアリ騒ぎが落ち着いたところに、今度は泥棒被害にあったのです。

次々と三度の泥棒被害（逮捕されたのは刑務所出所したばかりの来店客など）に遭遇。

◆まだある「こんなコワ〜イ話！」

ソファーの下の奥にタバコ三本を置かれたのです。

危うく数時間後に火事になるところでした。常連さんが、焦げ臭さに気づいてくれたお陰で回避できたのです。

その五時間後の午前五時に消防車のけたたましいサイレン、五、六台の消防車が店の前の道路に止まったのです。「通報があったのに、どこにも火事はない」とのことでした。

何故だか私は、五時間前のタバコのボヤの件を言えませんでした。

私が買った店の土地は、自殺、火事、ボヤ、で有名だったので、「きっと愉快犯だったのだろう」、「きっと心が痛んで通報したのだろう?」真相はわかりません。

◆不動産の大暴落

土曜と日曜は結婚式の司会、平日はお店の営業やカウンセラー。夢中で走り続けた八年後、不動産価格のとてつもない大きな下落に気づきました。

「早く手を打たないと売れなくなってしまう」と思い、売却を決意しました。

自分の年齢を考慮してのことです。

飲食の仕事をあきらめることを決意したのです。

五十歳でスタートした、私の人生の最終目標とする心理カウンセラーの再開業を目標にしました。これからはますます必要とされるであろう心理学の学びに役立つ、介護、福祉の現場での知識と技術を経験すべく実践に移したのです。

二十三年継続した司会の仕事を辞め、店は九年七か月で閉店して、売却できることを願いつつ、まずは、B市の特別養護老人ホームで週に三日、ヘルパーの仕事からスタートしました。

新しい人生キャリアの始まりです。さいたま市の自宅に戻ったのです。

そこから、ヘルパー、介護福祉士（現場勤務）、その後、自宅事務所にて介護支援専門員（一人ケアマネ）開業へと十六年間の介護職経験となりました。

七十四歳になった今、幸せです。

さいたま市の自宅を拠点にして、介護職、産業カウンセラーなどの仕事をしていたのですが、三年前に、十六年間続けた介護関係の仕事を退き、現在は、カウンセラー一本を仕事にしています。三年前に、放送大学で心理学の学位、学士を取得、第一回公認心理士試験合格を機に、ガムシャラに活動することもなく、学んだり、旅行したり、カラオケしたり、軽い筋トレなど、楽しみながらの生活を心がけています。

「波乱万丈の人生だったのね」と友人たちは言います。私自身は、そう捉えたことはありません。

水戸黄門の主題歌「人生楽ありゃ、苦もあるさ」ですもの。

「失敗は成功のもと！」

心理学を学んでみてはいかがでしょう

「失敗は成功のもと」と言われますが、目的、目標をもち、戦略・戦術もなしに、ただやみくもに行動し、結果、立ち直れないほどの、人生の大失敗をしては、取り返しがつきませんよね。

そこで、失敗しないためにも、心理学を学んではいかがでしょうか。

◆心理学って何？（行動を研究する学問です）

Ｐｓｙｃｈｅ（心）ｌｏｇｏｓ（論理）という言葉が表すように、心理学は人間だけではなく他の動物などの「個体行動」も論理的に研究します。

例えば、イヌ、ネコをはじめ動物の「寂しい」「怒り」「嬉しい」「ストレスが溜まっている」このような状態では、どんな行動をとるのでしょうか。動物行動を研究する動物心理学という分野があります。また、対象がペットであるグリーフケア「ペットロス・カウンセラー」の役割も大切ですね。

心理学者は心理学のことを、「こころの学問」とは言わないものである。こころは見えないから測定できない。測定できないとデータが手に入らない。データがなければサイエンスにはならない。こういう理屈からである。では見えるもの（測定可能なもの）とは何か。反応（レスポンス）である。——國分康孝著『カウンセリング辞典』（一九九〇年誠信書房）より

科学的エビデンスに基づいて、人間の心の働き（心のしくみ）と行動を研究する学問です。しかし、私達は、心の内を直接見ることができませんよね。ですから、その人の言葉づかい（声の調子）、態度、表情、振る舞い、身振り手振りや仕草などの反応を観察して、心の奥深くを感じとろうとするのです。その時その時の状況によって、複雑に変化する心の状態を、その人の行動で観察することによって、実態を明らかにして、人間を理解しようとします。それにより行動の変容を目指そうとする学問なのですね。

心理学は人間の行動を研究対象としています。

あらゆる物事、どんなところにも、心理は働いています。

何かを志したいと思う時、期待していた結果とは異なるかもしれませんが、勇気をだして一歩踏み出し行動さえ起こせば、どんな行動にも必ず成果を生みます。


しかし多くの人は失敗することが怖くて、行動を起こせません。


独立して自分でビジネスを起業する場合は、特に不安ですよね。

「失敗したらどうしよう」という不安と恐怖が胸を過るからです。

まだ、行動しないうちに、「どうせダメだ」、「成功などできるはずがない」、「今まで何をやってもうまくいかなかった」、「馬鹿にされ、笑われてしまう」などと次から次へと思考をめぐらし、先入観に制限され、自分自身で「失敗」を決めつけてしまっているのです。

多くの人は、このようなネガティブ思考パターンを持っているので、そこから抜け出せずに、負のループに陥ってしまいます。

失敗ばかりの人は、同じような逆境に出合うと、「無理だ……ダメだ……また失敗だ」と考えます。

困難を乗り越えようとしないで、自分で可能性の芽を摘み取り、成功のチャンスを掴む前に諦めてしまうのです。

行動を起こしてみて、「やっぱり好きではなかった」と気づいたら諦めれば良いのです。とにかくやってみて「一歩前進！」です。新しい可能性に出合うことができますから。

やりたいことなのに、「何故失敗ばかりするのか」について思い起こし、「失敗は成功のもと」として捉え、努力すれば成功する可能性は大きくなるのに、それ以前に諦めてしまうなんて、とても「もったいない」「残念なこと」だと思います。

それでは「いつまで経っても人生は変わらないでしょう！」

私は、七十歳を迎えた頃、「もうダメだ」、「歳だから」、と年齢に対する劣等感に縛られ、挫折感、自己否定感に襲われました。

でも、「心理学を学び続けたい」「好きなのにやり残していることがある！」と気づいたのです。

そこから元気になれました。視点の変化です。

誰しも、「好きだったこと」、「興味があること」、「やってみたかったこと」、「夢中になれたこと」がありますよね。

幼少期からの自分を振り返ってリストアップしてみてはいかがでしょう。

あの時、「何故、やらなかったのか?」、「今はどう思っているのか」、「本当の自分」に気づくことができるかもしれません。

気づくことができたら、成し遂げる力を育んでみませんか。

そんな思いを込めて、第二章、次ページに掲げた「自己肯定感を高めて、(自信をもって)自己実現!」へ歩んでいただきたいと強く願ってやみません。

第二章　自己肯定・夢の実現

セルフイメージを変えたら、公認心理師国家試験の一発合格
―セルフイメージの大切さを身に沁みて感じた出来事。
自己肯定感を高めて、チャンスを掴もう！―

◆年齢に対する劣等感により、シニア産業カウンセラー試験の不合格

「はじめに」の内容のなかで、紹介させていただきましたが、私が年齢に対しての劣等感を感じ始めたのは、七十歳を迎えた頃のことです。「もう歳だから」、「今まで頑張ってきたのだからもう……」等々。

心や身体の疲労感でやる気が出ない状態でした。鏡をみれば、そこには疲れ果てた老婆の

姿、足の筋肉も弱くなって、本当に情けない自分がそこにいたのです。

それでも、好きで続けていた心理学の学びだけは捨てませんでした。

そんな状態のなかで、二〇一七年度、(社)日本産業カウンセラー協会 シニア産業カウンセラー学科試験受験(実技合格済)に挑戦したのです。七十一歳の時です。

「光陰矢の如し」といわれますが、本当に月日が経つのは速いもので、二〇〇九年に産業カウンセラー資格を取得してから八年もの月日を経ての受験でした。

シニア産業カウンセラー試験は二〇一六年度に受験し(三年間の猶予あり)、逐語記録《ちくご》(カウンセリングのやりとりを一語一句文字に起こしたもの)、面接などの実技試験に、すでに合格(一部合格)していたのにもかかわらず、学科試験で落ちたのです。もうちょっとというところで、チャンスを逃してしまったのです。

今までの私だったら、「やる!」と決めたことは、必ずといってもいいくらい実現してきたのに……普通であれば、ショックですよね。でも、私は、感じていたのです。「落ちるべくして落ちた」のだと。

潜在意識の中では、本当は、「挑戦する気持ちが薄れていた」ことを、「気力がなく、心が拒否していた」ことに気づいていたのですね。

「そりゃ合格すれば、嬉しいけれど、どうせ落ちるだろう……」、「それでもいいや」、「もう歳だから！」、という具合です。

歳をとったことに対しての劣等感で、自分自身に自信がなく、なかば、諦めの境地だったのです。自分の価値を肯定的に受け止められない状況です。不動産の大失敗の時にもめげなかった私にとっては初めての感覚です。

自己肯定感が、大きく低下していたのですね。だから、負のセルフイメージどおりの結果となったのです。

「あたりまえの結果」だから、「不合格でも気にしない」と心に決め込んでいたのです。

自分自身で招いた結果ですから、今も後悔していません。本当です。

◆今までと違った私

今までだったら、事業経営や資格試験など、目標に向かって、必ず結果を出してきた私。

でも、その時は「もう歳だから……」、「そこまでして受ける意味はない」の観念に縛られ、やる気が失せていたのです。

「どうせ落ちるだろう」との思い込みが強かったのです。

「歳を重ねることの長所」を否定し、その意味づけができず、自らへの価値判断ができない状態でした。

私は、「逆境に強い人間だ」、「自分で決めた目的、目標に向かって行動できる人間なのだ」と疑いをもたないし、実際、そのとおりに生きてきたのですから、六十代までは困難に立ち向かう強さがあると思っていました。

ところが、七十歳になった途端に……。

七十歳、私が初めて抱いた劣等感の始まりでした。

◆不動産の大失敗にもめげなかった私なのに、自己否定感に陥ったのは何故?

バブル期に取得した不動産は、バブル崩壊により、見事に価値が下がっていきました。私が事業で稼いだ総額一億八千万円（現金とローンを含む）を捨ててしまったのです。この大失敗の時にも、動じなかった私なのに、「何で？　どうしてこんな気持ちに……？」「やはり、歳には勝てないのか」と思い込んでしまったのです。

「もういいや……」自分で自分を追い詰めて、やる気が失せて、試験準備と努力を怠ったことに尽きるのに。

自らのやる気のなさを「年齢に対する劣等感」として言い訳をしていたのです。年齢に対する劣等感に縛られ、自己肯定感が低下して、一時的なストレングス・ブラインドネス（強みの無知）状態に陥っていたのかもしれません。

従来であれば、自分が「やる！」と決めたら、目的、目標、行動、経験、のステップで、自己実現を叶えてきた私ですから、そのような状態に陥ることはないはずなのに。今まで失敗を恐れないで、チャレンジして、小さな経験を積みあげてきたのですから。

それまでの私は、人生キャリアの危機を好機と捉え、新しい生き方を選択してきたのです。すごく前向きに、自己効力感、自己有用感、自己信頼感、（自信）に満ちて生きてきたのです。

自己肯定感が高かったからですね。今なら、理解できます。

◆自己肯定感を高めるには自分を理解し尊重し、自信をもつこと

自己肯定感は、常に高いばかりではないのです。高かったり、低かったりするものです。自己肯定感が低くて悩んでいる方、安心してくださいね。自己肯定感は高めることができます。

私が抱いた「年老いたこと」への劣等感は、「歳を重ねたからこそ味わえる人生の重み」

として捉えて、「価値の転換」ができたのです。

そうできたことで、悩むことがなくなりました。

自己肯定感を高めるには、自分の強みを理解し、認識し、自信を持つことです。自分を特徴づける、いくつかのこころの強みをもつことです。その強みをベースに新しいことにチャレンジし、失敗も成功も、さまざまな経験を積み重ねていくことなのです。

自分の強みを認識し、目標がもてると、病気（病は気から）や抑うつ気分など、一気に吹き飛んでしまいますから。

私自身が経験しています。

自己を尊重し、受容し、自己効力感、自己信頼感、自己決定感、自己有用感など、自己肯定感を高めて、自分の可能性を開きましょう！

◆劣等感からの脱却、チャンス到来！

シニア試験不合格からまもなく、（二〇一七年）日本初の心理学国家試験公認心理師法案が施行されたことを知って、受験を決意したのです。

「挑戦」の言葉が心に浮かびました。

前述のように、私が生きている間に「心理学の国家試験ができるなんてありえない」と思っていたので、嬉しくて、年齢に対する劣等感なんてまるで嘘のように一瞬にして吹き飛んでしまったのです。

気の持ちようで、良くも悪くもなる「病は気から」の意味に通じますよね。そう思ったら、行動が速いのが私の強みです。

すぐに放送大学（心理と教育コース）に編入（再入学）し、猛勉強して多くの学びを得ました。

一年間で三十二課目の単位を取得し卒業。学位・学士の取得ができました。

この経験が自信となって、本来の自分の姿に戻れたのです。

◆チャンスは掴むもの

「私の人生キャリア」に紹介させていただいていますが、結婚後、育児、家事、仕事の傍ら、三十二歳の時に経営学の短大を卒業し、公認会計士一次試験免除、税理士受験資格を取得。

ＵＣＬＡに短期留学、セミナー講師、学習塾経営など小さな成功体験を積み重ねて、さまざまな人生転機に出会ったのです。

中学、高校時代は親戚（現在のスーパー）の食品売り場でのアルバイト、銀行員時代の休日には、アナウンス学院（十二年後、司会業に役立つ）、通訳養成所、保母の学びなど、活動し、経験していたからだと思います。

今思えば、なかなかできないことですから、チャンスだったのです。すべての学びが、後に育児、仕事に大いに役立ったのです。

◆何故、一年間で卒業できたの？

二〇一六年、放送大学に再編入学、以前四科目のレポートに合格していただけで、休学していたのです。仕事と学びに忙しくなって、忘れていたのです。まだ、再入学期限内であったなんて、「ラッキー！」「ヤッター！」と小躍りしたものです。

再入学のチャンスに巡り合えたのは運命だと思ったものです。

やりたいことに気づいたら、まず、行動してみましょう。

諸事情で、途中で休んでも、やりたいことに気づいたら、また続ければいいのです。

ただし、やりたくないと気づいたら、いさぎよくやめることも大切だと思います。

◆目標達成の期間を決める

再入学した大学を「一年で卒業する！」、と目標達成の期間を定め、「目標に向かって精一杯努力する！」、と心に誓いました。

途中で止めて、しかもすっかり忘れていた放送大学の学びが、再び私の目の前に。

「やっぱり好きなこと」、「やり残していたこと」に気づき、「とても幸運！」と巡り合えたことに感謝しました。


それからの私の「やる気」のエネルギーは、本当に凄いものでした。

挑戦できることが嬉しくて、嬉しくて、なんの疲れも感じないのですから。

なんともいえないワクワク感で満たされたのです。

自己肯定感が高まってきたことを感じました。

◆セルフイメージを変えたら公認心理師国家試験一発合格

カフエで美味しいコーヒを飲みながら、試験場で今まさに試験に取り組んでいる自信に満ちた私の姿を何度もイメージしたのです。

今思えば、学ぶプロセスを楽しみながら、試験に備えて日々準備できたことが結果に繋がったのだと思います。

こうした行動が自信に繋がったのだと確信しています。

そして二〇一八年に実施された第一回公認心理師試験に一発合格することができたのです。

「お見事！」と自分で自分を褒めました。

目標ができるって、本当に凄いことですよね。

私自身のこころの内に気づくことができたのですから。

そこから、本来の自分自身（信念、信条）に戻れたのです。

私の心の中にある自分自身のイメージ、可能性までが、「今、ここに」ピッタリと重なったのです。

セルフイメージとは、過去に積み重ねてきた経験や体験から、意識的か、無意識かにかかわらず「自分自身の存在価値をどう感じているか」です。

こうして、私の年齢に対する劣等感人生は、幕を閉じたのです。

もう、おわかりでしょうか。

「好きなこと」、「やりたいこと」は、自分の心の内側を、じっくりと探索し、気づき、認識し、それによって、行動、結果、経験に繋がっていくのです。小さな経験の積み重ねによって、目標、目的が達成されて、やがて、自己実現が叶うのです。

まずは目的です。「自分のやりたいことは何か」、「何故？」、「何のためにそれをやりたいのか」が重要なのです。

もちろん、努力したことは大きいです。しかし、目的、目標を意識して、プロセスを楽しみながら、学び、実践できたことは、さらに大きい。

充実感に満たされ、より一層の喜びを感じるものです。

今回の試験勉強においては、過去問だけでなく、さまざまな分野を興味深く、幅広く、ゆっくり、楽しく学ぶことができました。

きっと心にゆとりができたからでしょう。

試験に備えて視点の変化です。

軽い筋トレジムに通って体調の管理、食事の管理を基本とし、通常の日常生活において試験を特別に意識せず、あたりまえの日々を継続したのです。

試験は「私の心を試す催事なり」、と勝手に捉え、視点を変えてみたら、不安なんかありませんでした。これが楽しく継続できた理由です。

好きでやりたいことだからこそ、継続できたのだと思います。

自分で、考えて、行動し、経験を積み重ね、結果を出してきたという、今までの私の生き様が、セルフイメージ（心の内）にフィットしたからだと思います。

シニア産業カウンセラー受験の時は、「もう歳だし」、「産業カウンセラー資格があるし」、と考えていたから、テキストと過去問だけに捉われ、広く学ぶことをしなかったのです。

「どうせ、受からない」という負のイメージを強化してしまった結果でした。

セルフイメージどおりの不合格がそれを物語っていますよね。

「セルフイメージを変え、新しい人生を歩むのに」、歳は関係ないことを肝に銘じている次第です。

人生は最後まで、広い可能性が秘められています。

「学び直し」は生き甲斐に繋がります。

キャッテルの提唱した理論によると、老年期になると、集中力、論理思考力、暗記力、直感力、計算力などの「流動性知能」は低下しても、過去の知識、経験や技能の手順から獲得している専門的または個人的能力、言語力、洞察力、理解力、創造力、料理や長年の趣味などの手順や専門知識などの結晶性知能は衰えないそうです。また、長年の勉強による「有識性知能」は高齢になっても低下せず、安定しているそうです。これからの時代、何歳になっても大学や大学院で学び直しをすることは、生き甲斐に繋がり、素適だと思います。

ちなみに、私が、心理学の学位・学士を取得したのは、七十二歳です。

人生は最後まで、広い可能性が秘められているそうです。

◆今を大切に生きよう

私は、仕事や勉強ばかりして頑張ってきたわけではありません。カラオケ、お酒、乗馬、音楽、映画、読書、筋トレ、特に好きなことは温泉旅行です。

「落馬で寝たきりになること」を恐れて、七十歳で乗馬を止めた後、急に運動不足に陥ったことも、「年齢に対する劣等感の始まり」の一つのキッカケだったかもしれないですね。

◆明日のことはわからない……先延ばしはしない

「一寸先は闇」という故事ことわざは、先のことは予測できないことの喩えです。だからこそ、なにが起きても大丈夫なように備えて（学んで）おいたうえで、今を大切に生きることが重要なのです。

備えていても困難にぶつかることもあるでしょう。しかし、備えていなければ、大きな後悔に繋がることがあると思います。

どんな時にでも、生きていける「自分の強み」を持つことです。

やりたいことに気づいたら、先延ばしはしないで行動しましょう！

◆自分に対しての思い込み、捉え方を変えてみよう

「歳には勝てない」そう思い込んでしまったのは想定外でした。

若すぎるからとか、歳をとっているからなどは関係ありません。目標ができたことで、自分に気づき、劣等コンプレックスを手放すことができるのです。

私は七十歳の経験で、人生の捉え方が変わりました。

自分に対しての「思い込み」を変えましょう。

自分の心の内を理解して自己を受け入れ、自分の強みを認識し、セルフイメージを変えて自己肯定感を高めていきましょう！

とても大切なことです。

今から実践しましょう。

「人生を変えたい！」と本気で思えば、
貴方は変わることができます
―自己肯定感を高めることです―

人は、「職場の人間関係」、「家庭問題」、「経済問題」、「健康問題」など、人生のさまざまな局面に直面し、悩み苦しんでいます。

思いどおりにならないのも、これまた人生なのです。

これらは一見、一つひとつ別の問題のように思えるのですが、根底では繋がっています。

例えば職場が嫌で、辛くて行きたくないお父さんが、家に帰るとストレスを発散なんてことがありますよね。

「おまえは、家で遊んでいていいな」とか、「俺が食わせてやっているのだ」など、奥さんに対して言葉の暴力で当たり散らし、さらにぶったり、蹴ったりと暴力をふるったり、それでも飽き足らず、子どもへの虐待へと繋がることだってあります。

そんな子どもが置かれている状況を想像してください。胸が痛みます。

子どもが成長し、子どもがキレて暴力を振るう、登校拒否、引きこもり、あげくの果てには、親族殺人へと発展しかねないのです。

日本において、親族間殺人が本当に多いことをご存知ですか？　殺人事件（未遂を含む）の五五％（二〇一六年に摘発）を占めているそうです。

最近起きてしまった事例をご紹介しましょう。

昨年（令和元年）、東京で起きた元農水次官が家庭内暴力を受けた末の、長男殺害事件。

最近では、六月四日、兵庫県で起きたごく普通の二十三歳の大学生が、母親、祖母、弟、叔母をボーガンで射撃する事件。

弟への劣等感と自分を認めてくれない母親や親族への不満からだと言われています。

「将来の夢をいつか必ず見つけて、なりたい自分になります」

彼は、小学校の卒業文集にこう記していたそうです。

弟と比較して劣等感に苦しみ、「なりたい自分になれない」強い自己否定感から起こった事件だそうです。

確かに、幼少期の日常生活環境については、親の責任が大きいでしょう。しかし、大人になっても自分の責任を省みず、すべてを環境のせいにし、他者（親族）への依存や責任転嫁をしていては、人生を変えることなどできません。

さまざまなストレスが加わることで、心身の病に陥ることも多いのです。

職場の人間関係、職場環境不適応、家庭問題をはじめ、さまざまな問題を抱えることにより、強いストレスで健康が害されると、働くことができません。すぐに経済生活が成り立たなくなって、家庭内にトラブルが生じてきます。

結果、さらに苦しみに陥ります。どうにもならない負のループに陥ってしまうのです。ですから私は、「さまざまな人生の問題が、根底で繋がっているのだ」と考えます。

では、暴力を振るってしまうお父さんはどうでしょうか？

自分らしく生きていませんよね。

お父さんが自分らしく生きるためには、どうすればよいのか考えてみましょう。

もしかしたら、お父さんは、人生を変えたいともがいているのかも知れません。どうしたらよいのかわからず、不安を抱えて苦しんでいるのかも知れないのです。

そのような状況に陥った場合、どうしたらよいのでしょう。

ありのままの自分を受け入れ、認識し、不安と向き合うことが必要です。

それには、「今、ここに」、自分は何を感じているのだろうか、と、「自分に意識を向けること」が第一です。

具体的には自分の性格を書きだすことです。「私は～～」で書き始めてください。二十個くらい書き出せればよいでしょう。

次のような性格テストで自分に意識を向けてみましょう！


そうして自分へのイメージを捉えてみましょう　私の場合六個書いてみました。

1. 私は、加藤蓉子です。横浜に生まれ育ちました。
2. 私は、高校卒業後、七年間銀行に勤務し、結婚退職したのです。
3. 私は、小学生時代はガキ大将で遊んでばかりでしたので、クラスで、下から三番の成績でした。中学になってから勉強ができないことがとても恥ずかしくなりましたが、新しい授業科目の英語に出合えたことから勉強するようになったのです。以降、学ぶ大切さを理解し体感できました。

4. 私は、孫は可愛いが、毎日、傍にいるチワワのミルクが可愛くてたまりません。先月、十二歳で旅立ってしまい、苦しくて悲しくてどうにもならない感情に苦しみました。その感情から、改めて多くの学びに気づかされました。
5. 私は、この一か月間、寂しさで不安になりました。
6. 私は、心理学を学んで、本当に良かったと思っています。何故なら、ペットロスに早く対処でき、立ち直れましたから。

次に、幼少期から現在まで生きてきた自分を振り返り、ノートに記すとよいでしょう。「過去の記憶に捉われて劣等感に苦しんでいないか」、「他者の評価を気にして行動できない」、「他者と比較して、自信が持てない」など、自分で自分を否定し行動に制限をかけてはいませんか？　できない言い訳ばかりしていませんか？

自分の良いことも悪いことも受け入れてみましょう。「受容」することです。

そして、自己肯定感を高めることです。

自分らしく生きるために、「やってみたいこと」、「興味があること」に挑戦してみたらいかがでしょう！

まずは、先延ばししないで情報を得て、行動してみましょう！　そして、毎日少しずつ、コツコツと学び、成長することです。

行動しなければ、なにも始まらないのです。

「自分がやること」、「他者がやること」、「共同でやること」をしっかり考えて行動することが大切ですね。「アドラー心理学、課題の分離」からの学びです。

やってみたら、「好きではなかった」ことに気づき、逆に、興味すらなかったのに、「おもしろそう！」などの発見があるものですよ。

「目標ができる」ことは、本当に凄いことなのです。

自己肯定感（自己効力感）が高まると、自信が持てて、今までの生活（習慣）が変わってきますから。

心理カウンセリングを受けてみるのもよいでしょう（自分への気づきが生まれます）。

カウンセリング（傾聴）をしてもらうと、ストレスが緩和され、思考が整理され、自分の心の内に気づきます。心に余裕が生まれ、人生が変わります。自分で人生を自己選択、意思決定でき、主体的な行動ができるようになるからです。

人生が変わり始めると人間関係が良くなるのです。

「人生を変えたい！」と本気で思えば、貴方は変わることができます。

自己肯定感が低いことが、「職場」「家庭」「経済」「病苦」など、さまざまな人間関係や健康状態における、多くの悩みを引き起こします

多くの人が人間関係に悩み、私のもとへ相談に訪れます。その際自己肯定感の高低について話をします。

自己肯定感が低いとは、どのような状態でしょう？

●私は、能力がない。仕事ができないダメ人間だ。役に立たない人間だ。
●私は、存在価値のない人間だ。生きる意味がない。
●私は、他者に嫌われている。素直になれない自分が嫌いだ。
●私は、他者を信用しない、自分を信じることができない。
●私は、他者の評価が気になる（上司、同僚、友人からどう思われているのか気になってしまう）。だから自分から率先して行動できない。他人軸で生きて自分軸が持てない。
●私は、何をやっても失敗ばかり。自分に自信がもてない。
●私は、いつもイラだって不穏状態で、劣等感に苦しみ、妬み、不満、不安、悩みで押し潰

されている。

●私は、何かを始めようとしても、「でも」、「どうせ無理無理、ダメだろう」と行動に制限をかけてしまう。

●私は、すぐにネガティブな自動思考（負のループ）に陥ってしまう。過去に縛られ自分で自分を否定し、行動に制限をかけていませんか？

では、自己肯定感とは何でしょうか。

自尊感情、自己受容感、自己効力感、自己信頼感、自己決定感、自己有用感が得られることによって、自信が生まれるのです。これらすべてが、自己肯定感を高める要素です。

私たちはそれぞれ生きてきた歴史により、物の見方、感じ方、捉え方、価値観が異なります。それにより、信念や常識などの観念が構築されます。

自己肯定感は、幼少期の生育歴、生活環境によってベースが作られ、それがその後の生き方に影響すると言われています。

自己肯定感とは、自分に対する判断や評価です。

自分の良いところ、好きなところ、嫌なところ、さまざまな自分を、ありのままに受け入れて、尊重する感情が、「自尊感情」ですが、自己受容ができず、否定的であると、自己肯定感が低くなります。

自己肯定感が低いと、どうなるのでしょうか。

自己肯定感が低いと、ちょっとした失敗でも、先に記した「私はダメ人間だ」、「他人に嫌われている」と思い込み、自信喪失に陥ります。

「他者の評価が気になって仕方ない」、「他人の気持ちを優先する」、「自分を抑えて、言いたいことが言えない」、「他者の顔色をうかがいビクビクして苦しい」、「成功しても喜びや満足感が得られない」、「褒められても『心にもないことを』と疑ってばかりで素直に喜べない」、「自分の価値に気づくことができない」そんな思いを意識的、無意識的に抱えてしまうのです。

本当に苦しいですよね。

右記のような思いを抱えてしまうと次はどうなるのでしょうか。

人間関係のストレスから、「家族への暴力」、「パワハラ」、「モラハラ」、「DV」、「子どもへの虐待」、「引きこもり」、「学校での虐め」などの具体的行動に移ってしまいます。昨今でも問題視され、社会問題にもなっています。

これらは、独立したひとつの問題ではなく、互いに関連していると私は思います。

また、強い劣等コンプレックスによって、感情を乱されて、自分の劣等感を刺激する人に攻撃的になったり、あたかも自分が優れているかのように振る舞い、権威づけをしたり、相手を支配したり、自分を優位に立たせようとする優越コンプレックスの問題もあります。

では、何故自己肯定感が低いと感じるのでしょうか。（原因）

●幼少期、親から虐待を受けた。（辛い記憶は自己否定に大きく繋がってしまう）

●淋しい子ども時代を過ごした、親が放任主義で、相談しても受け入れてくれなかった。

●逆に、過保護に育てられた。結果、依存心が強く自立した行動ができない。

●すべて親の言うことに従い、自己選択、自己決定ができなかった。

●自分勝手、干渉的、支配的な親に育てられた。自分の気持ちを伝えることができず、苦しかった。

●思春期にひどく馬鹿にされたり、恥ずかしい思いをしたり、心が深く傷ついた経験があった。（自意識が高まる時期なので、コンプレックスを抱きやすい時期）

●受験、就職の失敗、失恋などで、自信が失われた経験がある。（些細な失敗でも自己否定感に繋がる）

●他者から認められた経験がない。

●逆に否定されることの方が多く苦しかった。

先にも述べましたが、自己肯定感が低い原因には、生活環境、親からの影響は大きいです。そして確かに幼少期の生育歴、生活環境は、親の責任が大きいと思います。

しかし、その状況をずっと維持しているのは、自分自身の責任だと思います。ですから、重要なことはそのことに気づくことです。そうすれば大人になってからでも自己肯定感を高めることができるのです。

反対に自己肯定感が高いとは、どういうことなのでしょうか。

自己肯定感が高いと、気力、やる気、行動力などエネルギーに満たされます。前向き思考になることから、自信が持てて、成功体験に繋がり、自己実現の可能性が大きくなるのです。どのような困難に直面しても、自分を受容し、自己否定に陥らず、♪人生楽ありゃ、苦もあるさ♪♪　水戸黄門の主題歌と一緒です。「ピンチはチャンス！」のように受け止めることができます。


では、自己肯定感を高めるにはどうしたらいいのか。(方法)
●自分の良いところ、悪いところを認識して、ありのままの自分になりましょう。「嫌なことは嫌でいい」、「いいものはいいでいい」のです。前向きに考えられなかったら、受け入れられないネガティブな自分を受け入れましょう。少しずつでいいのです。少しずつ心が楽になれればいいのです。

●辛い、苦しい、悲しい、悔しい、怒りなどの感情を溜めこまないで信頼できる人に話して吐き出すことです（カタルシス効果）。心がスッキリし、思考が整理され、そこから気づきが始まります。

●心が楽になる方法として、カウンセリング、心理療法（アサーション、フォーカシング、マインドフルネス思考法）やアドバイスなどで人生の可能性が広がります。

●価値観が大きく異なる人や否定ばかりしてくる人とは、少し距離をおいてみませんか。距離をおくことで、見えてくるものもあります。

●すぐに「ダメだ」「無理だ」ではなく、「大丈夫！」肯定的な言葉を意識して発してみましょう。

●自分の本当の気持ちを大切にしましょう。自分の気持ちに素直になりましょう。

●他者からどう思われるか気にしない。他者との比較はやめましょう。

●希望をもって、目標に向かって取り組みましょう。（ほんの一歩の行動から、自己肯定感が高くなります）

●「よく頑張っているね！」チャレンジしている自分を自分で褒めてあげましょう。自分を尊重しましょう。

●「どんなことを頑張ったか」書き出し、振り返って、努力した自分を認めてあげましょう。
（書き出すことで、心が整理されます）

ちなみに私が経験した自己肯定感を高める一番の方法とは「やりたいことは何か」「なんのためにやるのか」など、目的、目標を作ることです。それができると元気のエネルギーが出て、いつのまにか、不安がなくなってくるものです。

しかし、焦ることはありません。焦ってなにかを始めても、すぐに諦めてしまうことになるからです。

「やりたいことがわからない」のであれば、「今、ここ」です。

今、目の前にあることを一生懸命、行うことです。そうです、行動することが、一番なのです。

行動しなければ、なにも始まらないのです。

ほんの一歩踏み出すことが、経験となります。それに伴って、やりたいことが見えてくるのです。

やりたいことがわかると、それについて多くの分野から学べます。

「自分のできること」「自分の素晴らしいところ」を認めることができれば、自己肯定感が高くなります。

「自分はダメな人間ではない」「できるんだ！」と気づいて、行動すれば、知識、技術、経験が積み重なるのです。

そうです。「ダメだ……」の負のイメージ（思い込み）から「大丈夫！　私はできる！」というプラスイメージへと変わることが重要！　なのです。

コツコツ努力し、やがて自己実現が叶い、達成感が得られるのですから。

今からでも遅くはありません。自己肯定感を高めましょう！

生きてきた歴史を振り返って、本当にやりたいことを探索しましょう！

やりたいことは、一つとは限りません。いろんな角度から、チャレンジしてみましょう。

そして、どんな時でも生きていける強みを持つことが重要なのです。

フィルターを変えましょう。〝消極的・否定的・悲観的〟から、〝積極的・肯定的・楽観的〟な視覚へ。

私は、夫の転勤によって、何度も、好きになってきた仕事を辞めなければならなかった経験があります。その都度、自己探索、自己選択して、自己決定をして、新しい仕事にチャレンジし、人生の転機を好機に変えてきました。むしろ、新しい仕事に巡り合ったことが、知識、技術、経験となって、自分の強みが増えていったのです。

これは、私が本当に実践してきたことです。

夫の六回の転勤によって埼玉県に転居、事業経営の傍ら、五十歳で心理学の学びに巡り合い、学びをスタートしたのです。

努力の結果が今の私ですから。

私は「心理学を学んで、本当に良かった」と心から思っています。

HSP（Highly Sensitive Person）自分の生きてきた人生を振り返り、自己肯定感を高めることが大切！

HSPとは、「とても繊細、敏感な人」という意味です。

米国の心理学者、エレイン・N・アーロン博士曰く、自分自身の気質の研究から、神経の繊細さ、敏感さ、すなわち、刺激に対して過剰に反応してしまうことなどは、「感覚処理感受性」が高い「非常に繊細な」気質を先天的に持っているという、心理学的理論と神経科学などが統合された概念だそうです。

アーロン博士によると、ＨＳＰの根底には、四つの性質があるそうです。

四つ全てがあてはまる必要があり、四つの特性のうち一つでも当てはまらないと、ＨＳＰではないとのことです。

その四つとは、

●「深く情報を処理（考える）する」
●「過剰に刺激を受けやすい」
●「感情の反応が強い、豊かな想像力、共感力が高い」
●「ささいな変化や刺激を感じ（察知）取る」

ＨＳＰは、五人に一人いるそうです。

これは、敏感すぎる気質（感受性の個性）性格で、病、障害ではないのです。むしろ直観力に優れ、感性が豊かといえるのです。

これらの特性をマイナスではなく、プラスに捉えられたら心が楽になり素敵ですね。

ＨＳＰだからこそその感性や優れた直感力を生かして得意分野を意識し、「自分の強み」としてはいかがでしょうか。

●人の影響を受けやすい。（他者の顔色を気にしてビクビクする）
●他者の評価を気にする。（他者の感情に左右されてしまうことが多い）
●自己否定感が強く、自分に自信がないので言いたいことが言えない。
●刺激に敏感すぎる、疲れやすい。（感受性が強く、神経が細かい）
●本当の自分の心の内を押し込めてしまう。（他者の価値観に合わせてしまう）
　これでは、自己肯定感の低下に繋がり、生きづらくなりますよね。ではどうしたら良いのでしょう？
＊心理学の知識と技術を学んでみたらいかがでしょう。
＊自己肯定感を高めるカウンセリングをしてもらうといいと思います。
　そして、
●「今ここで」自分は何を感じているのか、「今、自分がやりたいことは何なのか」など、現在の自分自身に意識を集中してみましょう。
●幼少期からの日常生活環境、「家族関係」「友人関係」「思春期での出来事」「社会人になってからの出来事」などを振り返ってみましょう。
　自分の人生を見つめ直してみましょう！

生きづらさから解放され、ありのままの自分へと自由になりましょう！

私の相談室では、「HSPと診断されたのですが……」、本を読んで「HSPだと思うのですが……」など、最近、このような相談が寄せられます。

先に述べさせていただきましたが、HSPは、性格、病、障害ではなく心理学的概念なので、「診断」と捉えないと聞いています。

私は医者ではありません。心理カウンセラーですので、診断することはできません。

しかし、相談者に寄り添って、しっかり聴くことはできます。

心の内を話し、聴いてもらうだけでもストレスが緩和されて、気づきが生まれることがあるのです。（カタルシス効果）

人間関係によるさまざまな悩みは、自己肯定感、自己効力感の低さが、根底で繋がっていると私は思っています。

自己肯定感が高まって、生きやすい人生となることを！　私は願っています。

ここで、HSPと言われた相談者Aさん（三十九歳）の事例をご紹介しましょう。

●家族構成：本人、夫、子ども二人（小学二年と幼稚園の女児）。

●生活環境：三年前に買った新築物件の持ち家に家族四人で生活、ローンが一千万円残っている。

●仕事：夫は中堅企業に勤務し、本人は近くの会社で事務職として週三日パート勤務して二年になる。結婚前にも、事務職をしていた。

●状況：他者へ気を使い過ぎて自分の言いたいことも言えない。「自分はダメな人間だ」と思っている。「自己否定感に苦しみ」、「敏感で、いつもビクビクして」、人間関係がうまくいかず、独身の頃は、転職を繰り返していたという。今でも、人間関係に悩み、退職したいと考えているが、子どもの教育費や家のローンで一杯一杯、どうにもならず、体調も悪いという。

●生育歴：子どもの頃から、自己主張ができなかったので、両親に反抗した記憶がない。両親の顔色をうかがって、「いつも良い子でいたような気がする」と語った。

Aさんの話を聴いていくうちに、Aさんには、「好きなこと」「やりたいこと」のひとつに「絵画教室」を開きたいとの将来の夢があることがわかったのです。

繊細さ故、疲れやすく生きづらさを感じているAさんですが、「絵画」という芸術性感覚に優れ、優しさを兼ね備えた女性だったのです。

そこで、夢を実現するためには（目標）という部分で、以下のことを伝えていきました。
●過去から現在まで、自分を深く見つめていくこと。
●楽しみながら、コツコツ努力する（絵を学ぶ）こと。
●ストレスの緩和方法を学ぶこと。
●自分を尊重、受容し、他者を理解し、自分に自信を持ち、「ありのままの自分」で生きることができるようになること。

マインドフルネス、アサーショントレーニングなど、心理療法を行った結果、自己肯定感を高めることができました！

最後に一言、私の持論ですが、現代うつ（152頁～参照）のように、自分の能力、努力不足による自信のなさを認めることが恐い、情けない、心が傷つくからそうなりたくない、だから心が楽になるように「自分は繊細な人間なのだ」「HSPなのだ」などと納得しませんように！

自己実現の定義

「夢を叶えて、自己実現！」とよく言われますが、わかっているようで難しいですよね。

心理学においての「自己実現」とはどういうことなのでしょうか？

個人が自己の内に潜在している可能性を最大限に開発し、実現して生きることですが、この「自己実現」の言葉の由来は、もともとは心理学の用語です。

脳損傷患者が自分に残された能力を可能な限り発揮しようとする傾向を持っていることの発見によって、ユダヤ系のゲシュタルト心理学者で脳病理学者でもあったクルト・ゴールドシュタインが初めて「自己実現」と命名したのです。彼の教え子の一人カール・ロジャーズが、これを概念化し、この概念を有名にした最大の功績者はアメリカの心理学者のアブラハム・マズローです。他にもカール・ユング、ホーナイなど多くの学者がこの概念を用いています。


左記に掲げる四人についての説は、（社）日本産業カウンセラー協会養成講座テキストの学びから抜粋したものです。

◆マズローの欲求階層説

「自己実現とは、才能・能力・可能性の使用と開発である。そのようなひとは自分の資質を十分に発揮し、なしうる最大限のことをしている」と述べている。

この概念によって欲求階層論に向かっていく。

生理的欲求→安全欲求→所属と愛の欲求→自尊欲求→自己実現欲求

一つの階層を形づくっており、一つの欲求が満たされれば、他の高次の欲求へと五段階的に変化していくと主張した。

◆ロジャーズの実現傾向

ロジャーズは、人間を動かしている基本的動機は、実現傾向であると考えている。実現傾向というのは、人間を維持し、強化する方向に、全能力を発展させようとする内在的傾向である。

われわれ人間は、どのような環境のなかにおいても、本来、自分を強化、発展させ、自分らしくいきいきと生きようとする傾向を持っているのだと考えている。

「人は、基本的にはポジティブな方向へ、建設的な自己実現の方向に進んでいく存在である」

ロジャーズは、ありのままの自分になることができると、自己実現傾向が十分発揮されるようになると考えた。

同時に、ありのままの自分になりきることによって、人間関係が嘘のないものになり、生命力にあふれた関係になっていくと考えた。

◆ロジャーズのクライエント中心カウンセリング

ロジャーズのクライエント中心カウンセリングでは、クライエント内にある自己実現傾向を、クライエント自身が発揮できるように、カウンセラーは援助していく存在である。

クライエントが、ありのままの自分に気づき（自己洞察）、それを受け入れ（自己受容）、より統合された自分の中で再度問題を解決しようと決心（自己決定）するプロセスにカウンセラーは共につきあい、援助していく。そのためには、カウンセラー自信が、ありのままの自分を受け入れられる存在である必要がある。

○カール・グスターフ・ユング

ユングは中年期を「人生の午後」と呼んだ。人生の前半で排除してきた自己を見つめ直し、より新たな自己としてそれを取り入れることである。ここにはじまる真の自己実現をユングは「個性化」と呼んだ。

○ホーナイ・カレン

ホーナイ自身の末年の著書『神経症と人間的成長』は人間そのものの心理学、自己実現に役立つものとして精神分析の道を開いたとしている。ホーナイ自身の自己実現の成果である。

右記四人を紹介させていただきました。

自己実現とは、「その人なりに最高に機能できる自発的で独立的な状態であり、あらゆる可能性を自律的に実現し、真の自己として成長するためのプロセス」です。

不得意なこと、嫌でたまらないことは諦めることも大切です。どんなに努力しても自己成長できませんから。

「やりたいこと」「好きなこと」に巡り合えたらどんなにか幸せなことでしょう。

まだ発見されていない自分の心の内に潜在している未来への可能性に挑戦してみませんか。

私は、ロジャーズによって提唱された自己理論を基礎とする「来談者中心療法」を主に行う、人間関係専門カウンセラーです。

歳を重ねた分だけ、多くの悲しみ・苦しみ・幸福に出会いました。他人の喜び・心の痛みに添いながら（共感）、丁寧に傾聴させていただくことが私の強み、「やりがい」です。

自己実現されている人の特徴、共通点

前頁で、「自己実現とは何か」を心理学的見地で述べさせていただきましたが、ここでは、どうすれば、「自己実現を達成」できるのか、基本となる特徴を探っていきたいと思います。

人はそれぞれ生きてきた歴史により、ものの考え方、捉え方、価値観が異なります。

「人生いろいろ」ですよね。もちろん、資格試験、スポーツ、仕事、芸術等々、やりたい分野は人それぞれ異なりますが、「自己実現を可能」にしている方々に共通する思考や行動が

あることをご存知でしょうか。

以下二つ挙げてみます。

①自己を深く探索、内省し、自分が変わることです。「他人を変えること」はできないのですから。自分の思考や行動を振り返り、深く見つめ直すことによって自己成長します。新しい自分にめぐり会えます。

・自分自身を尊重し受容できるように、自分の心の内（無意識）の本当のイメージの存在に気づくことです。

・気づくことができたら、悪いセルフイメージを良いセルフイメージに変えて行動しましょう。

自分自身の存在価値の認識の方法を変えなければ、同じことを繰り返すからです。プラス思考だけで行動しようとしても、現実的には難しいと思います。何故なら、一時的にモチベーションがあがっても、数日後には、やる気がなくなってしまうということを皆さんは少なからず経験していると思うので。

②やりたいこと、なりたいこと、今やらなければならないことを書きだす。
初めから、「できるわけがない」「どうせ無理」などと決めつけてはいけません。今、心に思うことをすべてリストアップする。そこから選択すればいいのですから。


先にも書きましたが、私は夫の転勤により、小さな成功を成していた事業を辞する人生転機を数度経験しています。

その都度、危機をチャンスと捉え、好機に変えて、新しい仕事に挑戦してきたのです。

経験の積み重ねにより、「私はできる！」（自己効力感に満ち）、困難を恐れないチャレンジ精神によって、自己肯定感が高くなったのです。

プラン（考え）↓実践↓経験↓そこから得られた新たな思考↓想像的な心のイメージ↓記憶↓次の行動へと繋げる。

適正で現実的なセルフイメージが構築されていったのだと思います。

本や雑誌などから、過去に学んだことや私が興味のある仕事をリストアップして選択したのです。


人間誰でも、生きてきた歴史があり、物の考え方、感じ方、価値観がそれぞれ異なっています。
志す道はさまざまで違いますが、誰もが、「ワクワクすること」、「やりたいこと」、「なりたいもの（夢）」を叶えたいと思っているのです。

どんな状況でも自分の意思で選択し、判断に基づいて行動すること。すなわち、自分の人生に責任をもって主体的に生きることが大切なのですね。

自己実現を達成している人には、どんな共通点があり、どんな特徴があるのでしょうか。もう少し詳しく挙げてみましょう。

・自己受容、他者信頼、他者貢献の心、協調性、社会人としてのバランスを保てる人
・自分の個性（強み）を認識し、向上心に満ち、自分の資質、能力を発揮している人
・「何故？」、「何のために？」、「いつまでに」、「どのようなアプローチで」、やりたいのか、目的や志を果たすために、目標に向かって段階的（Ｓｔｅｐ ｂｙ Ｓｔｅｐ）に、学習し強化し、具体的な目標行動ができる人
・あらゆる可能性の芽を育み、未来にその芽を摘み取り、自律的に実現し、真の自己として成長するプロセスで人間を維持し、強化する方向に全能力を発展させようとする、内在的

傾向があり、内面の統合されている人
・一日を振り返ることによって、反省し、気づき、改善することができる人
・ストレスを溜めない心と体づくり、疲労のコントロール、自己の感情のコントロールができる人
・充実感、喜び、達成感など、ポジティブ、建設的な方向に積極的に進んでいける人
・「一寸先は闇」、何が起こるかわからない。危機を予測して、備える心構えができている人
・他者を尊重し感謝の気持ちを大切にする人、素直で謙虚さを兼ね備えている人
・思考や行動が肯定的、自発的、積極的で、夢中になるものがあり、ユーモア、想像力、創造力にも優れている人
・人生の基本的な経験に対し、深い理解を持ち、人生を客観的な見地から見ることができる人
・現状を望ましい方向に捉え、曖昧さに耐えることができる人
「曖昧さを耐える」とは、神経質にならず、物事に白黒をつけず、グレーな（どちらとも付かない状態）を許容できる豊かな心です。
・ビジネスにおいていえば、両方が利益を得るＷｉｎ　Ｗｉｎの関係を築くことができる人

いかがでしょうか。自己実現されている人の特徴、共通点を挙げてみました。

いろいろ挙げましたが、特に大切なことは他者への思いやり、感謝の心を忘れないことだと私は思います。

自己実現（夢）を叶えるには どうすればよいのでしょうか

「何をしたいのか」がわからない。そう答える方が多いです。

自己の内にある潜的能力が掴めなくては、どうしたらよいのか、可能性の一歩を踏み出すことができませんよね。

では、どうしたらいいのでしょう。

①「今、この瞬間」、の自分に意識を向けてみましょう。
軽く目を閉じ、呼吸を整え、（口から吐いて（ハ〜）鼻から吸って）、繰り返してみましょう。今、自分は何を感じているのか……または、吸う時にお腹を膨らませ（四秒）、息を

止めて（四秒）、鼻からゆっくり吐く（八秒）腹式呼吸、などはいかがでしょう。

②自分自身の歴史を振り返ってみましょう。
幼少期、小学校、中学校時代（思春期）、成人になってから今日までの生きてきた歴史を振り返ってみましょう。家庭、友人、恋愛、職場の人間関係やワクワクしたこと、夢中になってやったことなど過去の自分を思い出してみましょう。

③やってもみないうちから、「無理だ」「ダメだ」「できるわけがない」と、できなかった過去に縛られていませんか？　思い込んでいませんか？　自分の潜在能力に気づかずにいるのは、「やめたほうがいい！」というネガティブ宣言を「脳」がキャッチしているからです。理性に縛られているからです。

これについては、この本の中に書かせていただいている、自己肯定感が低いことが大きく関わっていると私は思います。

『自分を尊重し、自分に自信を持つ「自己肯定感を高める」ことが最優先！』が、私の持論です。

自分の気持ちがわからない場合は、今、「目の前」にあることに意識を向けて本気で行動しましょう。「今、貴方がやることに」です！

一歩一歩行動することで、気づきと経験が生まれますから。

自己実現（夢）に大小はありません。夢は一つとは限りません。

「ワクワクすること」、「やりたいこと」、「できること」、自分の心の内側を、じっくりと探索（観察）し、気づき、認識し、それによって情報収集し、情勢判断、意思決定し、行動することです。

その結果、経験に繋がっていくのです。

教育やビジネスの現場でも使われる、ＰＤＣＡサイクル（計画、行動、評価、改善）とは異なる先述したＯＯＤＡループの手法はいかがでしょうか。

小さな経験の積み重ねによって、目標、目的が達成されて、やがて、自己実現が叶うのです。

人生に「希望」を持ち、「目的」、「目標」が持てたら、どんなに辛い時期があっても乗り越えられます。希望があれば、目的があれば、逆行から這い上がり、どんな困難にも乗り越えられるのです。

私は、変わりたいと願うのであれば、「人は変わることができる」と信じています。

まずは目的です。「自分のやりたいことは何か」「何故?」「何のために」が重要なのです。

次に、「いつまでに」やるか、「短期目標」、「長期目標」を掲げます。

「〜をやる!!!」、「前向きに、できる宣言!!!」（パブリック・コミットメント=目標公言）をしてください。

今、やることを「先延ばし」しないで、まずは一歩踏み出（行動）しましょう!

目的、目標を意識して、プロセスを楽しみながら努力できれば、喜びと充実感に満たされ、やがて自己実現（夢）が叶うことでしょう。でもこれで終わりではないですよ!

行動すれば経験となります。知識、技術が得られます。「小さな努力の積み重ね」、↓これが基盤です。そのうえで、
①どんな困難でも乗り越えられる「自分の強み」を持つこと。
②人生の転機においての危機を好機として捉えることができること。
③チャレンジ精神で自分に自信をつけること。
④自分の気持ちに正直に、制限をかけないで。やりたいことをやること。
⑤やりたいこと（夢）、なりたいもの（願望）、自分にできることをノートに書きだしてリストアップすること（書くことでひらめくことがあります）。自分の目標（思い）を他人に

話す（アウトプット）ことでやる気が出ます。パブリック・コミットメント（目標公言）は科学的エビデンスがあるので効果がありますよ！　私はずっと実行しています。ぜひ試してみませんか？

⑥「どうせダメだろう」なんて、マイナスの先入観は捨てましょう！

マイナスイメージを受け取った脳がイメージどおりに働くからです。私が経験したシニア産業カウンセラー試験の不合格が物語っていますよね。

⑦既成概念にとらわれないで、想像力、創造力、構想力をもつことが大切なのです。

⑧「好きこそ物の上手なれ」ということわざがありますが、嫌々やっても上達しません。それればかりか人間関係や健康状況にも悪影響をもたらします。

「興味があること」、「好きなこと」は一生懸命学び、工夫、努力するので成長します。やりたいことがわからないのであれば、今、あなたの目の前の仕事に打ち込んでみたらいかがでしょう。経験することは無駄ではありません。そこからチャレンジしてみましょう。

私は必要に迫られて「やってみたら好きになった」ことを何度か経験しています。

自分の特性を理解できると良いですね。訓練や努力をして才能や能力を磨くことができれば、まさに「鬼に金棒！」。

「自分の強み」となりますから。

「本当に好きでやりたいことは」諦めたとしても、時を経て、不思議と巡り合うものです

人は置かれている状況によって、自分の思いを諦めなければならない時があります。
一度は諦めても、その思いに気づき、凄い努力をして、夢を実現した方の実話です。

公開中のスター・ウォーズ最新作「スカイウォーカーの夜明け」。その大迫力CGを手がけた日本人アーティスト成田昌隆さんの大逆転劇を紹介したNHK総合・東京テレビ放送「逆転人生」からの事例を紹介させていただきます。

なんと成田さんはCGを作ったことがない証券マンだったそうです。妻と幼い子どもを抱え、四十五歳で脱サラしました。脱サラから七年後の五十二歳の時、家族と苦難を乗り越え、世界初公開の秘蔵CG、ハリウッドのスターウォーズのメインのCGモデラーとして、夢の実現を果たしたのです。

そんな成田さんも、夢の実現を諦めたことがあったそうです。

四十五歳で退職し、背水の陣でハリウッドの学校で学んだそうですが、ハリウッドが求め

る技術に及ばず、雇ってくれる会社がなく生活が苦しかったそうです。

成田さんが夢を諦めた訳は、
・父親ががんに罹患したこと
・二人目の子どもの誕生により、現実に戻り、CGモデラーを目指すのが嫌になったこと
そのような環境の中、再びCGモデラーを目指すキッカケとなったのは、共に、夢を追いかけ、ハリウッドを目指していた友人の原島君との再会だったそうです。

「もう一度夢を追いかけてみたい」、「やらなかったことに対する後悔はしたくない」、その時初めて本気になって、自分の思いを妻に伝えました。「協力してほしい」と。

そして再び、夢の実現へ。

人に感銘を与えられる作品を作りたいとの強い思いで努力したそうです。

日本が誇れる最高の「運慶」の迫力に迫り、「CG仁王像」を完成、仁王像がハリウッドの扉を開いたのです。

アーロンのプラモデル作品が世界一になったこと、学校で学んだこと、仁王像の完成など、これまでのさまざまな努力が、今、まさに繋がったのです。

「やりたかったこと」、「好きなこと」で人に感動を与えたいとの目的を諦めなかった成田さん、それを支えてきた奥さま、本当に素敵で感動しました。

大きな成功でなくても良いのです。

人それぞれに目指す方向は異なります。

夢に大きい小さいは関係ないと思います。

心の底からの思い、「好きなこと」、「やりたかったこと」に気づき、目的、目標に向かって生きていけたら、どんなに幸せなことかと私は思います。

諦めてしまったことでも、本当にやりたいことは、不思議と、また巡り合うものです。

これは、私も経験しております。

先ほど書きましたね。そうです、事業経営で忙しく、休学していたことすら忘れていた、放送大学へ七十代で再入学し卒業したことです。

また、二十代、ディスクジョッキーに興味をもった私は、銀行員時代の休日に、アナウンスアカデミーでアナウンスの技術を学んだことが思い出されます。

十二年後に、巡り合い、プロ司会者として（二十三年間）活躍できたのです。

左記で紹介するSさんも十年後に「自分の強み」に巡り合えた事例です。

十年前興味本位で取得した産業カウンセラー資格、今、活かせる時が来た！
―Sさんからの嬉しいライン―

加藤先生ご無沙汰しております。

コロナで思いもしない事態になっていますが、いかがお過ごしですか？

私は昨年念願の英検一級に合格し、英語の仕事を探していたものの、なかなか生活スタイルに合うところがなく就活が難航していました。

最近自宅の近所にあるグループホームで、カウンセリングを主とする業務の求人を見つけ応募し、明日から勤務開始です。同僚には精神保健士も数名いるので、いろいろ教えてもらいながら慣れていきたいと思います。

英語を使えないのは残念ですが、パソコンに向き合うより、人間と向き合い身体を動かす方が自分に合っていると思えるので、とりあえず深く考えず飛び込んでみようと思います。

英語力もまたいつ出番がくるかわからないので維持できるよう勉強を続けていこう

と思います。

英語だけにこだわっていましたが、まさか興味本位で取った産業カウンセリングの資格が生きる時が来るとは思わなかったです。強みをもつこと、視野を広くもつことは大事なんですね。

加藤先生のダイナミックな人生について前回お会いした時にお話を伺い、ガッツだけでなく、しなやかさも生きていくうえで必要だと学んだことも今回決断できた要因の一つです。加藤先生のダイナミックな人生から我々後輩が学ぶことは計りしれないということですね。

コロナはまだまだ手強く、収まる気配がありませんが、こういう時こそ力を蓄えて、過ごしたいと思います。

それでは、今後ともご指導ご鞭撻の程、よろしくお願いいたします。

右記は、産業カウンセラー養成講座から十年来の学びの友、島村佳代さんからの嬉しいラインです。

当時、グループで一番若い二十代でしたから、現在は三十代です。

佳代さんは、英語の講師をしていたのですが、身内の方が、体調を崩されて、中断していたと伺っていました。

体調が良くなったので、英語の仕事の復帰を考えたそうですが、ライフスタイルが合わないので、これを機に、自宅近くのグループホームにカウンセラーとして就職することにしたそうです。

十年前に興味本位で取得した産業カウンセラー資格がまさに活かされる時に巡り合えたのです。

「新しい技術、経験が身につくことは素晴らしい！」心から応援しております。

資格、知識、技術、経験は、大きな「自分の強み」となりますから。

興味本位で学んだアナウンス技術、十二年後に巡り合い、プロとして大活躍！
——結婚式プロ司会での忘れられないハプニング、その時！——

私の人生キャリアで、一番好きだった仕事は、二十三年間続けた結婚式のプロ司会業です。

土曜、日曜、祝日は一日に三～四件の仕事をこなしていましたが、疲れを感じたことはありませんでした。

それほど大好きな仕事に巡り合えたのも、銀行員時代の休日に興味本位に通ったアナウンスアカデミーの学びがあったからです。

私の人生キャリアにて述べさせていただいていますが、夫の転勤により、横浜での学習塾経営、セミナー講師を退き、三重県鈴鹿市に転居したことがキッカケでした。

そこで初めて、司会業の第一歩を踏み出したのです。

「自分に何ができるのか」、「興味がもてることは何か」、古本のなかから、夢中でリストアップしたことが昨日のことのように思い出されます。

社宅から海が近いこともあり、横浜生まれの私は違和感なく、すぐに新しい土地での生活に溶け込むことができたので苦になりませんでした。

三年後、埼玉県浦和市に転居してから、結婚式を中心とするプロ司会請負事業を起業したのです。ブライダルショーの司会やシナリオ作り、二人の出会いから結婚式までの全容紹介二十分間のビデオ映画の作制協力（ロビーでの上映）など、さまざまな仕事に関わらせていただきました。

数千組を担当させていただきましたが、今となっては、正確な件数は把握できません。

そのなかでも忘れられない出来事があります。

披露宴が始まる十分前なのに、エレクトーン奏者がいないのです。どうやら、式場の確認、連絡ミスで、式場の担当者がエレクトーン奏者の手配を忘れていたようです。

運悪く、その会場には音楽装置がなく、エレクトーン奏者の到着まで、蓄音機レコードで入場となりました。

「新郎、新婦のご入場です！」力強く、厳粛に。

結婚行進曲、ナレーション、大きな拍手のなか、入場したのですが、すぐにレコード盤が滑ってしまい、音楽になりません。一瞬、会場に不穏な空気が漂いました。

私は、一生懸命、ナレーションを工夫して、場を収めることができました。

エレクトーン奏者が到着したのは、「ケーキ入刀！」の前だったので助かりました。

後に式場に尋ねたところ、飲み物、食事代金は、すべて無料とし、勿論、誠心誠意の謝罪は欠かさなかったとのこと。

「ハプニングがあったけれど良い披露宴だった」と喜んでくださったと聞いた時には、心から、ホッとしたものです。

「まさか」の出来事でした。何が起きるかわからないのが人生です。

日頃からの準備（備え）、対策の強化、対処を学ぶことが大切なのですね。

第三章　ストレス

私の経験から気づく、目標ができると、「トラウマ解除！」

戦争やテロ、天災（地震）、事故、犯罪、精神的衝撃など、日常生活で予想もできない生死にかかわるような強烈なストレッサー（外からの刺激）を受けた後に、特有の心的状況や反応が起こるとされます。こうした出来事の体験は、ＰＴＳＤ（心的外傷後ストレス症候群（トラウマ）をもたらすと言われています。

すごく混乱して、激しい無力感や恐怖感、興奮状態、脱力感、記憶力低下に悩まされるほか、「うつ病」、深い悲しみに襲われる「精神的症状」や「アルコール依存症」、「薬物依存症」を招く心の後遺症です。

一か月以上続く時には、（ＰＴＳＤ）とされ、通常、外傷後三か月以内に発症しますが、外傷体験後、何年も経てから発症することもあります。急性ストレス障害（ＡＳＤ）は、外傷後一か月以内に発症します。

通常は普通に生活できますが、トラウマに繋がるような場面に出合うと、記憶がよみがえり、フラッシュバックされるのです。

普段は意識していませんが、何らかのキッカケで反復して現れるのです。

対処としては、

①安全な環境を作ること（安全・安心な人間関係を築く）。

②ある程度の時間を経て、落ち着いてきたら、信頼できる人に聴いてもらう。

③自分に対するコントロール能力を回復すること

これらは、ＰＴＳＤなどの障害の予防に必要です。

そのために、治療法として、トラウマ体験の想起から生じる感情や思考、そこから形成された自己イメージや信念（認知の歪み）を、安全で安心できる環境のもとで少しずつ修正していく認知行動療法があります。

これは、私の持論ですが、非常に強烈な体験によるトラウマは別として、軽いトラウマは、自己のとらえ方により、治ると思います。

私の経験を聞いてください。

私の両親は、明治、大正、昭和、平成の時代を生き抜いてきました。

関東大震災や第二次世界大戦の恐ろしい体験をしています。

同じ体験を経験しても、なんでもない人もいます。父がそうでした。しかし母は、地震に対して大きな恐怖を抱えていたのです。

幼少期の頃から、地震が起こるたびに、私たち子ども四人の名を大きな声で呼んで、一目散に玄関へと飛び出しました。閉じ込められることを恐れての行動です。

一度も訊いたことはありませんが、私の母は、閉所恐怖症だったのではないかと思います。

私は、小さい頃、エレベータが好きで、「上にまいりまぁ～ス」「下へ～」エレベータごっこで遊んだものです。

そんな私が、二十六歳の時、定員オーバーのエレベータに二十五分間も閉じ込められてしまったのです。ギュウギュウで息ができないほど苦しかったです。

乗り合わせた高校生は皆泣きだしていました。

その時、私は、「何が起きたかわからない」という感覚で、あまり恐さを感じていませんでした。しかし、その日を境に、私は、エレベータや飛行機に乗ることができなくなりました。私も閉所恐怖症となったのです。

◆本当にやりたいことには恐怖を忘れる

五年間回避していたのですが、三十一歳の時、セミナー研修で北海道へ、三十二歳の時は仕事の関係でアメリカへ短期留学することになったのです。

本当なら恐くて回避するはずなのに「飛行機が墜落してもいい」、「狭い空間でもいい」、目標や夢を叶えるためには「死んでもいい」と感じていたので、「どうしても」ではない限り、利用を避けてきた私でしたが恐くなかったのです。

何故、エレベータを恐れるのか、その理由が最近わかったのです。エレベータの中にいた時に地震がきたらどうしよう……。

そうです、地震を恐れていたのです。普通の故障であれば、時間がたてば、必ず助けがきてくれますが、大地震がきたらそうはいきませんから。

いつ起こるか予測できない、地震に怯えていたのです。

この私の軽いトラウマ経験から、気づいたことがあります。

「どうしても実現したいこと」、「仕事で必要な時」には、エレベータや飛行機に乗れるということです。

幼少期からの母の地震恐怖症の影響から、エレベータや飛行機に乗りたくないために、不安や恐怖を自分自身で作り出していたのかもしれません。

自己肯定感にも何か通じることがありますよね。

私の地震恐怖症による閉所恐怖症は、自分の夢や希望や目標の前では解除されるし、恐れることもないのですから。

幼少期から見てきた地震を恐れる母の姿は、まさに、現在の私の姿でした。

もしかしたら、私は過去に縛られていたかもしれません。それをずっと維持し続けてきたのは、私の責任だと、今は、とらえることができます。

トラウマという事実に向き合い取り組んでいく時、気がついたら、新たな自分が生まれ、成長していることがあるのです。

「病は気から」「健康も気から」
―予防医学の見地から―

「病は気から」とは、この本の「はじめに」や「第一章」に書かせていただいた大切な言葉です。病気は気の持ちようによって、良くも悪くもなるという意味です。

心配事や不愉快なことがあると、病気になりやすくなったり、病が重くなったりします。逆に、気持ちを明るく持ち、無駄な心配はしないことが、病気にはなりにくいでしょう。また、病気になっても回復がはやくなります。まさに「健康も気から」ですね。

「病は気から」の「気」とは、古来中国の漢方医学の考え方から引用されたもので、おもに目に見えないエネルギーのことを指し、気持ち・やる気・雰囲気など、非常に幅広い意味を含みます。

【メカニズム】

「継続的にストレスを感じ、『気に病む』ことにより、脳内にわずかな炎症が起こることが

解った」。（左記の①～③の記述は北海道大学などの研究チームにより）

その微炎症を引き起こす原因となるのは、自分の組織を攻撃してしまう性質をもつ免疫細胞である病原T細胞であるといわれています。

①この病原T細胞は、個体に慢性的なストレスが与えられることにより、脳の特定部位に集まる性質を持ち、そこにごくわずかな炎症を引き起こすそうです。

②炎症が起こることで、その個体はストレスをさらに強く感じることになり消化器に炎症を引き起こすこともあります。

③さらに、心臓機能を低下させて突然死に到らせることがあるという説もあります。

【対処方法】

ストレスには善玉と悪玉があり、必要悪であると言われます。疲労を溜め込まない、疲労のコントロールが大切です。

①自分に適したストレス緩和方法を身につけ、ストレスと上手につきあっていく。

②ものの捉え方（認知）を変える。心に不安を抱えたままにしない。

③心にゆとりを持つ工夫をする。

④「必ず治る」「もう大丈夫」というような安心感が、免疫のスイッチを入れてくれて、病気

を克服する力を与えてくれる（プラセボ効果）療法。

そうです！「健康も気から」大切なことは心の持ちようなのです。

私は、四年前（七十歳）に、とても年齢が気になり、劣等感が芽生えました。予防医学指導士の学びにありましたが、「自分はもう歳だから」と考えたら本当にそのようになってしまったのです。

心の情報が脳下垂体に流れて、ホルモン分泌に悪い影響が出たからです。

そこで、「自分は大丈夫」「生涯現役」と認知を変えて、目標である公認心理師にむけて、大学に編入学しました。その結果、第一回公認心理師試験合格となったのです。

目標（希望）ができたことで、まるで嘘のように、劣等感が吹き飛んでいたのです。

「病は気から」「健康も気から」という意識を持つことが非常に大切であると痛感しています。

ストレスが「必要悪」とはどういうこと？
―不快ストレスの緩和法―

「ストレスは精神や肉体にとって必ずしも悪いものではない」ということで、ストレスを正しく理解することが大切です。

例えば、ストレスが全くない状態の時の人間の身体はどうなるでしょう。

音、光がない部屋に、約九十時間もいると、心や身体に新たに刺激を与えても、身体の反応が鈍くなり、室温が変化しても、汗を出したりする体温調節能力が著しく低下してしまいます。

また、周囲に対する警戒心や緊張感がなくなり、暗示にかかり易い状態になってしまいます。（催眠術など）

そして、幻聴・幻覚・妄想も生まれてきます。

一方で、体調がひどく悪くとも、どうしても行かなければ、迷惑をかけてしまう仕事などの場合、過度なストレスと緊張感のお陰で、逆にやり通すことができた事例も沢山あるでしょう。

ストレスによって、肉体的にも精神的にも逞しくなる人もいます。

自分が目標としていることを実現するためには、それなりにストレスがかかりますが、それを克服した時は、大きな満足感を得ることができるのです。

これはストレスがあったからこそ、その後に得られる快感と満足度が大きくなるという、ストレスが大きくプラスに作用した効果です。

しかし一方、目標の実現ができず、挫折した時は、逆に大きなストレスとして跳ね返ってきます。

つまり、ストレスは善玉にも悪玉にもなることがあるのです。（P&A予防医学指導士認定試験時の私の提出小論より）

「ストレスは人生のスパイス」（ハンス・セリエより）

適度な刺激は交感神経を活性化し抵抗力をつけるように働く。（快ストレス）
過剰過ぎで、慢性的に長く続くストレスは不快ストレスです。

では、私が考える、ストレスを緩和させるための方法をいくつか挙げてみましょう。

ストレスを緩和させるためには、まず、基盤となるのは、良質の睡眠、バランスの取れた食事（必要であれば栄養補助食品）、適度な運動が重要です。

そして、リラックスして心身の疲れを緩和すると良いでしょう。

例えば、音楽を聴く、入浴でくつろぐ、自律訓練法、漸新的筋弛緩法、ヨーガ、気功、禅、瞑想法、舞踊、ダンス芸術、マインドフルネスなどが挙げられます。

認知行動療法やストレス低減法は、神経系と内分泌系及び免疫系の間との関係や、相互作用の生化学的証拠と効果の証拠がそろい、通常医療に組み込まれています。人は、刺激↓認知過程↓反応という情報処理を行い、行動を決定します。認知の歪みの修正を目的とするのが認知行動療法です。ＰＴＳＤ、うつ病、不安障害、強迫障害などに効果があります。

①楽しく運動をする。

有酸素運動と汗ばむ程度の軽い筋トレを交互に行うと良いでしょう。無理をしない程度で行いましょう。

②ソーシャル・サポート（支援）を受ける。

例えば、望ましい健康生活に関することについて言えば、食事、睡眠、運動、禁酒、禁煙など一人ではなかなか続けられないことが多い。家族をはじめ社会とのつながりによる精神的、物質的な支援が必要となります。

ソーシャルサポートは間接的にストレス反応を低減させる効果があります。

③家族、友人、地域との交流を持ちましょう。

食事やお茶をしたり、飲み会やカラオケなども良いですね。

家庭内が明るくなります。友人とのコミュニケーションは、悩みを聞いてくれたり、アドバイスをしてもらったり、ストレスが和らぎます。気分転換になるでしょう。

④旅行、買い物、部屋の模様替えや片付け。

旅行、買い物は気分転換になり、部屋の模様替えや片付けは思考が整理されます。何故なら、ごちゃごちゃして整理ができないと、それがストレスとなります。片付けによって問題が整理できて悩みの解決に繋がるでしょう。

⑤絵画鑑賞・絵を描く、音楽鑑賞・演奏する。映画鑑賞、庭の手入れ、料理、囲碁、トランプ、日曜大工などを楽しむ。

社会的行動の調節に関わっているとされる前頭前皮質、聴覚皮質、感情中枢、大脳辺縁系を刺激し活発化させます。

⑥好きなことや興味があることに没頭してみる。

⑦不安になったら呼吸を整え「大丈夫、大丈夫」と口に出して言う。

個人々に合った、ストレス緩和の方法をとるのが望ましいのです。

新しい生活への第一歩は、心身の疲労を溜めないための「セルフケア」を行うことです
――自分の感情を理解して、適切にコントロールしましょう――

コロナ渦で自粛生活を強いられ、大きく環境が変化し、ストレスでメンタル不調に陥る人が増加しています。

「ステイホーム」、人々の努力によって、二〇二〇年五月に緊急事態宣言が解除されました。目に見えない敵との戦い、まさかの事態に、人々は不安や恐怖に押し潰されています。もうこれ以上の自粛生活は、心身の健康、経済の健康、社会生活において限界にきているのです。

心の悲鳴が聴こえてきます。

緊急事態宣言の解除には賛否両論がありますが、「やっと解放される！」と嬉しく思う人々の方が多いのではないかと私は思います。

誰しもが、感染の可能性がある不安や恐怖、先の見えない経済不安を抱えながらのステイホームをずっと続けていくことはできないからです。

今、唯一の予防策である、マスク着用と「ソーシャルディスタンス」に注意しながら、新しい生活を考えていくことが大切だと思います。

自粛生活によって、日常生活が一変し、街の風景も変わっています。

それぞれ個人差もありますが、イライラ、頭痛、食欲不振、やる気が出ない、集中力の低下、不眠など、また、ステイホームにより、昼間からの飲酒も多くなり、アルコール依存の心配もあります。

ストレスから、家庭内暴力に発展してしまうケースも多くなっています。

では、どうすれば良いのでしょう?

「病は気から」の項目に述べさせていただきましたが、軽い抑うつ感は、ストレスを緩和させるための方法で対処できます。

「少し時間がたてば治っていくのか」、または「症状が深刻になっている（一週間以上）」、集中力がなくなり、問題行動が見られるなど、後者は、適切な対処が必要になります。

心療内科などでの薬物療法やカウンセリングが必要とされます。

自分ひとりで抱え込まないで、家族や友人に心の内を話すことも大切です。

話す相手がいない場合には、カウンセラーなどの専門家に、苦しみや悲しみを思いきり吐き出すことで、スッキリします。(カタルシス効果)

そこから、今「どうすればいいのか」が見えてきます。

次の章では、カウンセリングについて解説していきます。

第四章　カウンセリング・傾聴

カウンセラーとして初心を忘れないよう心がけていること

◆自分は、どうしてカウンセラーになりたいと思ったのか

私は、父が公務員、母は助産院を開業しながら、地域に貢献している両親の姿を見て育ちました。

私には、兄と二人の弟がいましたが、兄は五年前に肺がんで他界、三年前には私の下の弟が肺がんで旅立ったばかりです。

兄は野球、ソフトボールの監督を、弟は日本空手道藤和会会長として両者共、公務員の傍ら、スポーツを通じ、生き甲斐を持ち続けて、死の間近まで他者貢献、地域に貢献していた

のです。

「生きたい！」という強い気持ちが伝わってきて、本当に辛かったです。

現在、歯科技工士をしている六十代の下の弟は、生後八か月に小児麻痺を罹ってしまい、数回の手術をしたと聞いています。三男を背負い、両腕に私と次男を連れ、雨の日も風の日も雪の日にも、リハビリに通い続けた母の小さな後ろ姿を今も忘れられません。

助産院を開業し、困っている人を支援し、「地域の方々に信頼されていた母」、「本気に人生を生き抜いた母」の生きざまが、今も強く私の心に焼きついています。

「褒めたり、叱ったりしない」、「愚痴ひとつ言わない」唯、私たちを温かく見守って、自由にさせてくれた母でした。

私は、幼な心にも、「自分のことは自分で」、優しい母に「負担をかけないように」、思いやりの気持ちが育っていたのでしょうか。

私の自立心の強さは、これが原点だと思います。

そんな私も二十代の頃になると、「歳を重ねたらカウンセラーになる！」、「お役に立てたら幸せ！」と思うようになったのは、やはり母の影響が強かったのだと思います。

◆自分はどんなカウンセラーになりたかったか

「このカウンセラーにもう一度会いたい」「こころの居場所がある」と思われる人を目指していました。

もう一度会いたいと思える方ってどんな方でしょう。専門知識、技術はもちろん、人柄、雰囲気が大事ですよね。

それ以上に、カウンセラー自身が「本気で生きる」ことが重要ではないでしょうか。

そして、「お金を払ってでも、カウンセリングを受けたい」と思われることです。

私が、介護福祉士として、サービス提供責任者、管理者、生活相談員の勤務時代や指定居宅介護支援事業者（一人ケアマネ）として独立していた頃、利用者の家族様以外の方々からの相談も多かったのです。しかし二重関係になると捉えていたので、全て無料相談としていました。

地域貢献の兼業カウンセラーとして活動させていただいたことは、私の生き甲斐となり、本当に感謝しております。

二回目以降になると「気持ちが楽になった」、「お金を払わせてください」、「菓子折りを持参される」など、「ありがとう！」と感謝の気持ちをいただけました。「お役に立って良かった」、「学び続けてよかった」と感じる瞬間でした。

私の方こそ「ありがとう！」の気持ちで一杯になるのです。

二〇一七年（平成二十九年一月五日）に、「加藤 蓉子 こころの相談室」の再開業届を税務署に提出し、十六年にわたる介護職の幕を閉じたのです。

しばらく休業していた㈱ベターライフワンは令和二年十一月二十日をもって解散・清算結了登記をしました。

先述のように、現在は開業カウンセラーとして活動中です。

公認心理師は教育、福祉、産業・労働、医療・保健、司法・犯罪の五分野の学びが必要です。

学習塾、セミナー講師、結婚式の司会中心のイベント事業や飲食業経営などの二十六年間の事業経験やその後の十六年間の介護・福祉の現場経験の積み重ねが、大きな強みになって、大変役に立っています。

二〇一八年（平成三十年）に第一回公認心理師に合格したら、ホームページに公表すると決めていたので、公表後の相談業務は、カウンセラーとクライエントの安全を守るために、カウンセリングの枠としての、「時間」「場所」「料金」を定めて実施させていただいています。「自分の健康は自分で守る」健康意識の強いアメリカ人は、心の健康にも注意しています。例えば、子どもに悩みがあれば、「カウンセリングに行ってきたら」と言います。美容院や理容院にでも行くような感覚だそうです。

日本では、心理カウンセラーといっても、いまだよく理解されてはいないですよね。

◆どのような症状や問題を抱えている人を対象とし、どのようなことをしたいのか

カウンセラーとして広く学ぶために、介護・福祉の仕事を経験したいと思い、実践したのですが、生き甲斐を感じてしまい、ずいぶん長い期間実践してしまいました。今考えると、十六年間は「長過ぎたかな」と思っています。

十六年間の訪問介護の現場では、「病との闘い」「子どものいさかい」「夫婦の憎しみ」「生と死」など数多くの経験をさせていただきました。

今、「職場における人間関係」、「家庭問題などのストレスによる妻の心身症状」から、うつ病などの精神疾患に苦しんだり、「老後における生き甲斐のない夫婦」、「虐待」、「引きこもり」などが、問題視され社会問題にもなっています。

間違った思い込みによるセルフイメージや自己肯定感の低さなどによる人間関係の悪化など、これらは、独立したひとつの問題ではなく、根底では互いに関連していると私は思います。

今日の厳しい時代の中、私は、専門知識と技能を活かして、「クライエントが何を悩み」、「どう生きたいのか」、クライエントに寄り添い、共に歩むことによって、クライエント自身が自立、成長できるように支援させていただきたいと思っています。

そして私も、終盤の人生を「本気で生きていきたい」と思っています。

両親、兄弟が本気で人生を歩んだように……。

科学的学問「心理学」「カウンセリング」「傾聴」って何？
―カウンセリングの重要な基本的技術は「傾聴」です―

「カウンセリング」とは言語的および非言語的コミュニケーションを通して、健常者の行動変容を試みる人間関係です。（カウンセリング辞典 國分康孝 編）より昨年（二〇二〇年）一月に私がこの本の執筆を始めてから一年になります。未だ、収束の兆しが見えない新型コロナウイルス感染症の猛威で、二〇二一年一月八日から一都三県においての二度目の緊急事態宣言発出となります。

このような先行き不透明な厳しい社会情勢のなか、まさに人生の局面で、人々は、さまざまな問題を抱え、悩み苦しみ心の救いを求めています。

どう生きればよいのか「人生の目標」や、不安、恐れ、悩みを聴いてくれる相談機関が必要となります。

悩みを聴いてもらうだけで気持ちが楽になりますから。

◆「クライエントが自己成長を遂げていくプロセス」カウンセリングとは何をするの？

「カウンセリング」とは、カウンセリング心理学等の科学的エビデンスに基づいて、クライエント自身の悩み苦しみを通して、多くの気づきと学びを得て人間的に成長し自立、自律的に生きていけることを目標とします。

カウンセラーは、クライエントを尊重し、お互いの信頼関係に基づいて、クライエントの苦しみ、悲しみ、思いをしっかりと受けとめて（受容）いきます。クライエントが自身のこころを深く見つめ、自己探索、自己選択、自己決定ができるように寄り添いながら支援します。カウンセラーは自身の心を深く掘り下げて感情と行動に矛盾がないかを確かめながら（自己一致）、クライエントと共に歩んでいくのです。

すると、クライエントは、心の内側の、苦しみ、悲しみ、不安、怒りや恐れの感情を認識し、今まで、否認し抑圧してきた本当の自分の感情に耳を傾けることができるようになるのです。

カウンセラーは、たとえクライエントと自分の価値観と違っていても否定しないで受け止めます。クライエントの肯定的、否定的なこともすべてを受容し、その表情や態度から、さまざまな感情を見逃すことなく心の動きに寄り添いながら「あたかも自分のことのように」（共感的）、心をこめて丁寧に傾聴していきます。

カウンセラーのその姿勢を、今度は、クライエントが自分自身への姿勢として反映するようになって、自己の心の内に気づいていくのです。

私は、この「受容」、「共感」、「自己一致」を基礎としたロジャーズの来談者中心療法の真髄を、しっかり受け止められるよう努力しています。

この、科学的学問である「心理学」「カウンセリング」（傾聴）を学ぶことによって、人生が変わるのです。それはなぜでしょう。

傾聴してもらうと、ストレスが緩和され思考が整理されます。

自分の心の内を深く探索し「気づき」が得られます。

「気づき」が生まれると自己を受容することができます。

自分の生き方を選択し、決定できるようになるので、自己肯定感が高まり、主体的な行動ができるようになるからです。

そこから調和のとれた人間関係を築くことができるようになります。

すると苦しかった人間関係が良くなっていきます。

人間関係が変わり始めると意欲が出て、心が元気になりますよね。

心が元気になると「やる気のエネルギーが出てきて」、さらに人生が大きく変わってくるのです。

これが「心理学理論、カウンセリング（傾聴）」が他の学びと異なる点だと私は思います。


カウンセリングの基本技術は「傾聴」です。

「傾聴」の「聴」の字は、耳、十、目、心に分かれます。

カウンセラーは、十分に五官や五感を使って、全身全霊で聴き（積極的傾聴）ます。

クライエントは、それまで自分でも気づいていなかった「心の内の気持ち」に気づいていくようになります。

これが、本当の傾聴なのです。

「聞く」「訊く」ではなく、耳を傾けて「聴く」ですよ！

傾聴の基本ができていないと、クライエントの苦しみ、悲しみ、不安、落胆、焦燥など、心の痛みにしっかり寄り添うことができません。

《コラム》「五感を使って楽しく料理！」

「料理と脳は密接に関係しているので、脳が壊れると料理ができなくなる」と言われます。

手順を考えながら、楽しみながら、料理することは左右の前頭前野を活性化させているそうです。

わくわくしながらメニューを考え、次に新鮮な食材を選び（視覚）、食べたり、切ったり、煮たり、炒めたりする音（聴覚）、においは優しかった母を思い出したり、ガス漏れ、食品の腐敗など危険を察知し、でき上がった料理の美味しそうなにおいで食欲が出ます（嗅覚）。素敵な盛り付け（視覚）、舌で味わう（味覚）、食感、触り心地（触覚）など、五官、五感を働かせて、料理するのです。なぜかそれは、私には「傾聴」のように思えます。

傾聴してもらうと人生が変わる！
――「傾聴の効果」を教えて！――

先にも述べましたが、傾聴してもらうと何故いいことがあるのか？　何故人生が変わるのでしょうか？　以下、もう少し説明しましょう。

（1）まずは信頼関係を築くことが大切です。

カウンセリングルームという安全な雰囲気のなかで、クライエントは、自己の心の内を十分に吐き出すことができます。カウンセラーから共感的理解（あたかも自分のように）が得られることにより、クライエントはカウンセラーに対して、安心感、信頼感をもつことができるのです。

そして、信頼関係（ラポール）が深まることによって、クライエントはより深く自分を見つめることができるのです。

（2）傾聴してもらうと自分の心の内を十分に伝えることができます。

クライエントが、自分の本当の気持ちを話すことができると、私を「わかってくれている」、「受け入れてくれている」、「承認されている」と感じ、自己肯定感が高まって、生きるエネルギーとなり、安心して、自分を冷静に見つめることができるようになります。

「自分の心の内を伝える」ことが、問題改善の一歩です。

（3）カタルシス効果（精神的な浄化作用）

クライエントが、感情を十分に吐き出すことによって、心も身体もスッキリします。

人は悩み苦しむとすべてのことをマイナス方向に考えてしまいます。不安や恐怖でいっぱいになり、新たな心配事を招き、ますます深みにはまってしまいます。「あ～もうダメだ……もう二度と立ち直れない」とさらに気持ちが落ち込み、負のループの連鎖となります。

そんな時、心の奥深くの感情を十分に吐き出すことができると、気持ちが楽になります。

それまで死ぬほど悩んでいたことがあっても「なんだ、こんなことだったのか」と軽く思えるようになることが多いのです。

これは、自分の思いを十分に吐き出すと、心が洗われ、心身の緊張や不安が和らぎ、安らぎが得られるからです。

話したことで元気のエネルギーが出て心がサッパリします。

するとプラス思考ができるようになり、自分で問題の解決策を見つける元気が出てくるのです。

このように人に話しただけで解決してしまうものも少なくないのです。

だから、「傾聴」が大切なのです。

傾聴により、安心感が得られ、話すことが促進され、心の苦しみを吐き出すことできますから。

カタルシス効果は、クライエントにゆとりや冷静さをもたらし、良いも悪いも、ありのままの自分を受け入れられるようになるのです。これが自己受容です。

自己を尊重し受容できると、自己肯定感の高まりへと繋がります。

（4）自己理解が進む　アウェアネス（気づき、学び、目覚め意識）

さあ！　心の奥の自分を知って新しい自分に出会いましょう。

カウンセラーの応答によって、クライエントは自分を冷静、客観的に見つめるようになります。これは、カウンセラーの応答があたかも鏡のようになって、自己探索が進み、今まで気づかなかった新しい自分と出会うことができるからです。（自己洞察）、（自己理解）

自己理解が進むと、物事に対する新しい捉え方ができるようになり、諸々な事柄や他者を受け入れられるようになります。

「傾聴の効果」としては、その人その人が本来もっている能力や可能性を引き出すことができるようになります。

ビジネスチャンスに繋がることもあります。

多くの情報がヒントとなって、思考が整理され、自分の問題が改善されたり、解決できたり、自己の新しい可能性に繋がるのです。

私は、産業カウンセリングの学びから、さまざまな気づきを得ることができました。

私にとって「心の財産」といっても過言ではありません。


「傾聴」をしてもらうと、孤独感から解放されます。ストレスが緩和されます。

思考が整理されて心にゆとりが生まれ、さまざまな問題や、人間関係も良くなるのです。

だからこそ、心の内を吐き出すことが大切なのですね。

人間関係が変わり始めると心が元気になって、意欲も高まります。そして大きく自己成長します。人生が大きく変わってくるのですから。

さあ！　そこからが、自己実現に向けてのスタートです。

自分の人生に責任をもち、「主体的な行動変容」の始まりとしましょう。

第五章　医療・健康

新型うつ病――私の持論

今から八年前、新型うつ（現代うつ）という病が、世間で騒がれました。

私は、この病について学びましたが、どうもしっくりこない、違和感を覚えていたのです。

現在でも、そう思っています。

私は医者ではないので、正論か否かはわかりませんが。

では、「新型うつ」とは、どのような病なのでしょうか。

『若者の「うつ」――「新型うつ病」とは何か』（傳田健三著／二〇〇六年筑摩書房）によると、

「新型うつ病」は　1ディスチミア型うつ病　2非定型うつ病　3発達障害型うつ病

の3タイプに分けることができる。
その特徴は、
1. 若い人に多い。
2. こだわりがあり、負けず嫌いで規範や秩序をあまり快く思っていないのでわがまま で自己中心的にみえる。
3. 自分の好きな活動の時には元気になる。
4. 仕事や勉学になると調子が悪くなる。
5. 「うつ」で休むことにあまり抵抗がなく、逆に利用する傾向がある。
6. 疲労感や不調感を訴えることが多い。
7. 自責感に乏しく他罰的で会社（学校）や上司、同僚（教師、友人）のせいにしがちである。
8. 不安障害（パニック障害、社会不安障害、強迫性障害など）を合併することが多い。

「新型うつ」は誤解や偏見を受けやすい。それは何故か。

アメリカ的合理主義や個人主義を一方では取り入れながら、旧来の義理や人情を重んじ、礼節や秩序を大切にする集団主義的な側面も文化として残しているわが国の現実が、実は「新型うつ病」を生み、かつ、反感を感じているという構図があるのでは……と書かれています。

また、『「私はうつ」と言いたがる人たち』（香山リカ著／二〇〇八年ＰＨＰ研究所）によると、こう書かれています。

「新型うつ」と診断された人は、職場における今の状況が不本意と思う人には好都合である。症状が良くなっても「うつ病」が大切なアイデンティティの中核となり手放せなくなる人もいる。（治癒恐怖）

このような著書も含め、以下が新型うつに対しての、私の持論になります。

「新型うつ」の薬物治療は、効果がないそうです。

職場環境、職場の人間関係、職場（仕事）不適応など、辛い思いをしたり、すごく気分が落ち込んだり、これらは誰にでも経験がありますよね。

自己肯定感が低く、自分に自信がなく、不安を抱え、希望や目標が持てず、意気消沈し、心身の疲労感を感じているのです。

しかし、嫌なことを避けて、好きなこと（遊び、旅行など）は大丈夫！

診断書をもらい、休暇を楽しむ。なんて、どう考えても、「新型うつ病」を隠れみのにしているように思ってしまうのです。

良くなろうと思わず、現状を維持したいだけだと思えてなりません。

今まで学んだ「真のうつ病」とは、頑張って、頑張って、頑張り過ぎて、エネルギーが枯渇して、気づいた時には動けなくなってしまうのです。

気晴らしに散歩を勧めても、動けないのです。エネルギーが枯渇していますから。

私は、うつ病の経験はありませんが、本当に苦しみ、もがいているクライエントさんの心の声を聴かせていただくことがあります。「うつ病かな?」は医者へのリファー（他の専門家へ繋ぐ支援、紹介）が重要です。

私は、真の「うつ病」に苦しんでいる方が、周囲の理解を得られなくなることを懸念しています。

これは、あくまでも、「私の持論」です。

「うつ病」になったら「軽いうつ状態」であれば、カウンセリングを受けたら良いと思います。

「病は気から」、自分の心の内に気づき、目標、希望を持てた時に元気になるものです。

「うつ」になったら「うつ」と向き合い、自分自身を見つめ直すこと、休養と薬物療法により元気が出てきたら、リハビリプログラムに参加するなど、できることから行動することが大切だと私は思います。

国民皆保険制度や医療費の三割負担に思うこと

国民皆保険制度や医療費の三割負担をどのように考えるべきなのでしょうか。先人達が作った国民皆保険。この度のコロナウイルスによって改めてその大切さに気づきました。本当に感謝ですね！

国民皆保険制度は、誰もが等しく医療を受けることができる制度です。

しかし、現行の医療保険制度は、人口増加、生産者人口の増加が前提に構築されており、現在の急速に進展する少子高齢化による疾病構造の変化を見通したものではないために、現行のままで推移すれば、日本の医療保険制度は崩壊する、いや、すでに崩壊しつつあることが明らかです。

すでに現状の公的医療制度は崩壊していると認識し、これからは、あてにしたくとも、あてにできないと考えるべきです。医療費の三割負担より、自らの健康を自らが管理・増進すること、すなわち「自分自身の健康に責任を持ち、軽度な身体の不調は自分で手当てする」というセルフメディケーションの考え方が重要です。

そのためにも、

●食生活、運動、睡眠など、日常生活の改善・体質の改善を重視しましょう。

●ストレス対処方法を身につけ、生き甲斐のある日々を目標に、生活の質の向上を図りましょう。

●「ちょっと風邪かな」と思う時にすぐ医者の元に駆け込み、すぐ薬に頼ってはいけません。

●医師との連携や薬局・薬店・薬剤師による適切なアドバイスのもとに、自らを管理することが、不可欠になると考えます。

あたりまえに思っていた、日本の医療制度の有り難さに、コロナウイルス災害によって、改めて気づかされた次第です。

でもやはりこの医療制度が崩壊しないことを祈るばかりです。

予防医学指導士認定試験の私の提出小論より

終章

チャレンジして、納得しましょう！
―「自分の強み」になりますよ―

この本に「失敗は成功のもと」、失敗経験によって、学びを得て、「自己実現に繋がっていく」と私は書きました。

これについては、私が実際に体験したことです。

四十代半ばまで、失敗経験がなく、順調に歩んでいたように思えていた私は、後に、不動産での大きな失敗を経験しています。

しかし、「この失敗がなかったら、どうなっていたのか？」

きっと、後に、それ以上の大失敗を経験することになっていただろう……と考えると、とても恐ろしい!!

何故、大きな失敗に動じなかったの?

「今よりずっと若かったこと」、「健康で働けたこと」と、それにも増して、どんな時でも生きていける「自分の強み」があったからなのです。

約二十三年間続けた結婚式プロ司会業のキッカケは、夫の転勤先、三重県鈴鹿市でした。見知らぬ土地で、恐さ知らずの私は、初めての経験にもかかわらず、プロダクションに出向き、「面接をさせていただけないでしょうか?」となかば強引にお願いしたのです。しかも小学校一年の娘を連れてのことです。考えられませんよね。

プロ司会三年後、夫の転勤により、三重県から埼玉県への転居となりました。

ここでも、「私の司会を見てください!」と浦和平安閣に営業に行きました。

「うちは落語家さんに頼んでいますから」、「社員が行っていますので」、断られても、断られても、何度も営業に行ったものです。

とうとう根負けしたのか、「貴女の司会を観ましょう」ということになり、一日三組の結婚式の司会をいただき、そのビデオを基に会議がなされ、結婚式場との契約が成立したのです。

これがキッカケで、（有）オフィス・フレンズを設立。結婚式を中心とするイベント請負事業経営がスタートしました。

東京、埼玉を中心として、約三十名の登録者と共に、数多くの結婚式やイベントなどの活動をさせていただくことができたのです。

本当に嬉しくて楽しかった！

（有）オフィス・フレンズは、数年後、夫が東京の御徒町でソフトウエア会社を独立起業するため、夫に移行しました。私は「プロダクション フレンズ」と改名して活動しました。

一方、夫の会社はその後も、順調で、（有）オフィス・フレンズを休業とし、（株）エイチ・アイ・ティとして、渋谷で長期に亘って起業してきたのです。

年間総売上は数億円でした。しかし、リーマンショック以降は次第に売上が低下、渋谷の事務所を自宅に移転してから九年になります。現在は年齢を考えて、新たな活動をせず、ボツ、ボツですが、続けています。

夫も、「やりたいことをやっているし」、本当に良かったのだと思っています。

後でわかったのですが、夫が退職した理由は、「職場の人間関係が嫌で辛い」ためであり、当時は先のことなど考えられなかったそうです。

ストレスで、胃を壊し入院したこともありましたから。

エネルギーが枯渇して、心が折れる前に、自分を取り戻し、大切にしたのですね。

退職後の六年間は講師の仕事をしていましたが、その後、「起業への転換の道」を選択したことは、「本当に素晴らしい！」と私は思っています。

人生には予想をつかない転機が訪れます。

その転機を好機にするか、危機にするか、その捉え方によって、人生が変わってくるのです。


私は、「やってみたいな」、「でも、できるかな」、「不安だな」と思った時、しっかり情報を得てから、行動すると良いと思います。

誰でも、なにかやろうと考えた時には、「今の社会情勢で大丈夫なのか」、「経済面は」、「お金をかけてでもやりたいのか」、「本当にやるだけの価値があるのか」等々、あれこれ思案するのは、当然のことですよね。

情報を得ずに、いきあたりバッタリはいけません。一生懸命考えて、自己選択し、決定することです。

自分で納得できるまで、自分の心を見つめましょう。やろうと決心できるまで、自分に問いかけることです。やりたくないと気づいたら、諦めることも大切なのです。

心の内から自分で選択したならば、「どんな困難があっても頑張れる！」ものです。

自己実現に向かって努力しましょう。

「夢」に大きい、小さいはありません。

例え、大きな目的、目標であっても、怖気ないでチャレンジしてみてください。

自己選択、自己決定し、どのようにしたら実現するのか、情報を収集し、行動しましょう！

やらないで諦めるより、行動してみたら「あまり好きでなかった」ことに気づいて、新しい可能性に出会うことがあります。

逆に、好きだと思っていなかったことが、「やってみたら興味が湧いた！」なんてこともあるのですから。

いずれにしても、実践することによって納得できると思うのです。

「あの時やっておけばよかった……」とは、よく聞く言葉です。

やらないで後悔するのは、とても残念です。

「人生は山あり、谷あり」思いどおりにいかないことも多いです。だからこそ、人生の転機、危機を好機（チャンス）として捉えることが、大切なのです。

一旦立ち止まり、自己の心の内側に触れましょう！

自分自身が納得できる人生を歩みましょう！

多様な情報が溢れる時代

近年、多様な情報が溢れかえっています。

情報に流されないためにどうしますか。

最近、テレビでは、身体に良い食品、運動や病の症状など毎日のように、健康番組が盛んに放映されています。著名な医者や大学教授、マスメディアからの情報に振り回されてしまうほどです。

医者によっては、学説が異なっていたり、今までは、正しい学説だと思っていたことが、ある日突然にその学説が改められたりして、戸惑うこともあります。

例えば、「玉子を一日に二つ食べてはダメ」から「食べた方が良い」。とか医療の発達で学説が変わってくることも多いですね。他にも「腎臓病は運動してはダメ」から特別な事情がなければ、運動をした方が良い。（東北大学大学院 上月正博教授）テレビ番組より
呼吸法においても、「吸って~吐いて」四・七・八法、三・六法（一対二）、四・四・八法、自律訓練法など、繰り返す回数などはさまざまです。

いろいろあって、わからなくなりますよね。

昨日の常識は今日の非常識、必要以上に飛び交う情報過多の時代にあって、これらの情報を整理して、取捨選択ができるための力となる予備知識、基本知識が必要なのです。


では、どうしたらよいでしょうか。

私からのアドバイスは、肉体的健康も精神的健康もセルフメディケーション（自己管理）する時代に突入していることを、十分に認識することです。

そして、さまざまな情報を鵜呑みにせず、考える余裕と、何よりもそれを測る物差しを自

己の中に持つことが大切です。

それには、正しい健康知識を身につけて、消費者側が賢くなることが重要なのです。

新型ウイルス、コロナ「まさか」の緊急事態
―刻々と変化する社会情勢、生き抜くためには「自分の強み」を持つことが重要―

今、世界は、私が執筆を始めた（二〇一九年十二月）には、想像すらできなかった大きな危機に直面しています。

「上がり坂」、「下り坂」、「まさか」、人生には「三つの坂」があると言われています。

その、「まさか」の緊急事態に巻き込まれ、人々は不安と恐怖に陥って右往左往しています。

突如、襲った恐ろしい新型コロナウイルス、
私が生きている間に「まさか」、こんなことが起きるとは、「一寸先は闇」の言葉が、強烈に私の胸を過ぎていきました。

新型コロナウイルスは、大規模な工業都市であり、交通の要所でもある、中国武漢で二〇一九年十二月に発生、大流行していたことは、テレビを観て知っていました。

しかし、私は、感染症に関して理解がなかったから「大丈夫だろう……」、むしろ、「対岸の火事」として捉えていたのです。

ですから、十二月初旬には、二〇二〇年五月に乗船する予定だった豪華客船十日間の船旅の予約をして、払い込みをしたのですから。

夫も私も楽しみにしていたのです。

ダイヤモンドプリンセス号での感染を知って、本当に驚きました。

今年の二月初旬、「恐い、無理!」と慌てて予約を取り消した次第です。まさか、こんな事態になるなんて想像すらしなかったのです。

実は武漢では、眼科医が罹患され、はやくから情報を提供していたと報道されていました。にもかかわらず、情報の隠蔽、情報操作などがあったそうです。

情報を丸呑みしてはならない、自分で考え、選択し、「持論を持つ」ことが大切ですね。

「今の日本人は想像力が不足している」と、専門家は言います。

海外の状況を見て、その情報を知り、皆が理解していたら、いくらでも防ぐ手段があったのに、それを怠り、さらに想像の不足、想像力がないから、こんなことになってしまったのだと言っています。

「最悪、こういうことが起きるから、起きないように」と最悪の事態をみせても、恐怖感は芽生えますが、「私は大丈夫」と考え「対岸の火事」として捉えてしまい、実際には受け入れられないのが実態です。

まさに、私もそうでした。

皆に、想像力があれば、外には出歩かないでしょう。

日本で何もしなければ、オーバーシュートです。

最悪を想定して、皆が出歩くことなく、危険が収まった後でガードは下げていけばよいのにそれが実行できません。


一九一八年のスペイン風邪の時は一体何をして収めたのでしょうか？

そう、今行っているソーシャルディスタンスです。

百年経っても、「サイエンス」がその程度なのです。

このような鼎談《ていだん》を三人の専門家が行っていました。

「一寸先は闇」とは、先のことは予知、予測できないことの喩えです。

だからこそ、「何が起きても大丈夫なように備えて（学んで）おいたうえで、今を大切に生きる」ことが大切なのです。

注意していても、コロナに罹ってしまうことがあるでしょう。

備えていても困難にぶつかることもあるでしょう。

しかし、備えていなければ、大きな後悔に繋がることもあります。


オーストリアに生まれたフランクルは、ナチ強制収容所で、死が隣り合わせの体験をしました。

「苦しむことそのものには意味があり、それは、精神的に何かを成し遂げることである」

「人間は一度しかない人生を生きるかけがえのない存在であり、ここに生きる意味を見いだす」

という実存分析を提唱しました。治療技法は、ロゴセラピーと呼ばれています。

「心を定め、希望をもって歩むならば、必ず道は開けてくる」松下幸之助の言葉です。

フランクル、松下幸之助の言葉に勇気づけられます。

今まで、あたりまえに過ごしていた生活がなくなり、先の見えない日々、新しい生活へと、私達は、心の持ち方と行動によって、自分の生き方を変えていかなければならないのです。

まさに今、人生の大きな転換期に直面しています。

ストレスに押し潰されることがないように、どんなことが起きても人生を後悔しないように、今、「この瞬間を大切に生きる」ことが大切です。

常に希望を持って人生を歩んでいきたいと思います。

「今の不安と苦しみこそが、自分を成長させる機会なのだ」

「自分の人生に起きることは、どんなことにも意味があるのだ」

この危機をチャンスと捉えて、新型コロナ災害と共存しながら、前向きに乗り越えていきましょう。

何度も言いますが、良いことも、悪いことも含めて、「明日のことはわからない」、だからこそ、やりたいことは、「先延ばしはしない！」ことが大切なのです。

これからの時代は、「定年まで勤めあげれば、老後の生活はなんとかなるさ」という考えは、もはや通用しないと思います。

社会情勢は刻々と変化しているのです。

「独立起業するぞ！」くらいの意気込みが大切です。

どんな時にでも生き抜く力、いくつかの「自分の強み」を持つことです。

自分が望む人生に気づいたら、今、この瞬間から、「行動しましょう！」、「将来への自己投資をしましょう！」

あとがき

この本を最後まで読んでくださいまして、ありがとうございます。

私は、人生キャリアを社会還元するためにNPO法人シェア熊谷を応援しています。

シェア熊谷は、日本の急激な少子高齢化社会に対応するために創設され、①高齢者・障害者のシェアハウスと、②生涯学習が主な柱となります。

私はシェア熊谷代表理事の町屋安男さんを通じて十六年前、直木賞作家・南條範夫先生と出会うことができました。南條先生はNHK大河ドラマ「元禄太平記」の原作を担当され、著作もおよそ三百冊となります。その南條先生の口癖は「人はみな十人十色であり、同じ人間はいない。だから誰でも生涯に三冊の本が書ける」というありがたいお言葉です。私が一冊の本を書くに至った直接的な契機は、南條範夫先生のお言葉からです。

南條範夫（本名　古賀英正）先生は、二〇〇四（平成十六）年十月三十日午前四時に肺炎のため九十五歳で逝去されました。比叡山に南條先生のお墓があり、「夢」という文字が刻まれています。

昨年（二〇一九年）十二月、家を片付けていたところ某出版社のパンフレットを見つけました。十六年前に本の出版を志して取り寄せたものですが、忙しさにかまけ執筆を「先延ばし」、すっかり忘れていたのです。

「本の出版！」十六年ぶりの巡り合いです。嬉しい！　チャンスだ！　すぐさま執筆に取り組み始めました。今までの「経験を伝えたい！」との思いに溢れていましたから。

そう決めると行動が早いのが、私の特徴なのです。

私は開業カウンセラーです。予約での有料相談を行っております。

コロナに直面している昨今、電話でのお問い合わせが非常に多いです。しかし残念ながら、無料での相談をお受けしておりません。

このような不安な時だからこそ「多くの方々のお役に立ちたい」思いで一杯なのに……とても残念です。本当に心が痛みます。

一日も早くコロナ感染症が収束し、大好きなセミナーを再開し、皆様と共に学べることが、私の夢であり、目標です。

今まで苦しいことばかり、でも必死に生き抜いて、後半の人生で真の幸せを得ることができた人。成功を収めて人生を謳歌してきたものの、あろうことか晩節を汚す行動をしてしまった人。人生いろいろですよね。

私自身は、「いろいろあったけれど、まあまあの人生だったな」と思いたい！　のです。

人生の最後に後悔しないよう「ありのままの自分を尊重し」、行動してみましょう。

そして自分の人生を主体的に生きましょう。

本書を出版することによって、少しでも「ご参考いただければ幸いです」。そんな思いと、
私自身の自戒を込めて、「今ここに」執筆に至りました。

最後に、本書の出版に関しまして、応援してくださいました町屋様、松本様、三ツ井様、
服部様、酒寄様親子、十一年来の（社）日本産業カウンセラー協会養成講座一グループの皆様、本当にありがとうございました。
温かくご指導いただきました株式会社文芸社様、大変お世話になりました。
心より感謝申し上げます。

令和三年二月

加藤　蓉子

著者プロフィール

加藤 蓉子（かとう ようこ）

公認心理師、産業カウンセラー、人間関係専門開業カウンセラー
1964年、日本相互銀行（のちの太陽銀行）に就職し、7年後に結婚退職。1977年、産業能率短期大学に入学し、子育てと学業の傍ら、1975〜1981年、横浜市の教育文化センターセミナー講師や学習塾の開業・経営をする。1981年、三重県鈴鹿市に転居。東海ゼロ企画プロダクションに所属し、女性初の結婚式のプロ司会者に。1984年、埼玉県浦和市に転居。(有)オフィス・フレンズを設立し、結婚式のプロ司会を中心とするイベント事業活動と並行して、「心の相談室」や飲食店事業も始める。事業の傍ら、2000年、週2日の介護ヘルパーからスタートし、日本カウンセリング学会などで学び、2008年、介護福祉士国家資格取得。訪問介護事業所の管理者などを務め、2010年、(社)日本産業カウンセラー協会産業カウンセラー資格登録。2011年、介護支援専門員（ケアマネージャー）資格取得後、(株)ベターライフワン 指定居宅介護支援事業所（一人ケアマネ）を設立。介護・福祉職と兼業して、2016年よりカウンセラー1本に。同年、放送大学に編入学、翌年卒業。
2018年、第1回公認心理師試験に合格し、2019年「加藤蓉子 こころの相談室」を再開業。2020年12月、(株)ベターライフワンを解散。計21の資格を保有し、豊富な知識と経験を活かして、現在も精力的に活動中。

大丈夫！　今からでも遅くない「挑戦」

2021年4月15日　初版第1刷発行

著　者　加藤 蓉子
発行者　瓜谷 綱延
発行所　株式会社文芸社
〒160-0022 東京都新宿区新宿1－10－1
電話 03-5369-3060（代表）
03-5369-2299（販売）

印刷所　株式会社エーヴィスシステムズ

ISBN978-4-286-22312-4　JASRAC 出 2101173-101